Marie-Sabine Roger

Die Küche ist zum Tanzen da

ERZÄHLUNGEN

Aus dem Französischen von
Claudia Kalscheuer

Atlantik

Die Erzählungen erschienen im Original in den Bänden
Les encombrants (2007), Il ne fait jamais noir en ville (2010) und
La théorie du chien perché (2003) bei Éditions Thierry Magnier, Paris.

*Atlantik Bücher erscheinen im
Hoffmann und Campe Verlag, Hamburg.*

1. Auflage 2016
Copyright © 2003, 2007, 2010 by Éditions Thierry Magnier, Paris
Für die deutschsprachige Ausgabe
Copyright © 2016 by Hoffmann und Campe Verlag, Hamburg
www.hoca.de   www.atlantik-verlag.de
Satz: Dörlemann Satz, Lemförde
Gesetzt aus der Granjon
Druck und Bindung: CPI books GmbH, Leck
ISBN 978-3-455-60028-5

HOFFMANN
UND CAMPE

Ein Unternehmen der
GANSKE VERLAGSGRUPPE

Inhalt

Éliette und Léonard

Sie hat noch nie ein Händchen für Blumensträuße gehabt. Sie macht Blumenbüschel. Kuddelmuddel in Vasen. Auch wenn sie einen Schritt zurücktritt, wiederkommt, korrigiert, bleibt es unansehnlich, windschief.

Das ist eine ihrer Unfähigkeiten. Sie hat noch andere. Dafür liebe ich sie.

Ich mache mich nicht lustig: Ich kenne sie eben, das ist alles. Ich kenne sie schon lange.

Sie schimpft über das Grünzeug, es sticht sie in die Finger. Sie quiekt.

»Dieser Krug ist einfach zu klein! Warum habe ich ihn überhaupt genommen? Wäre der da nicht besser? Nee, siehste, der ist jetzt zu groß!«

Sie bemüht sich, ein Gesteck zustande zu bringen, etwas Hübsches. Oh, und wie sie sich bemüht! Seit zwei Tagen schon ist sie ganz hektisch. Seit sie angerufen haben.

Und weil sie ein wenig schwerhörig ist und deshalb das Telefon immer laut stellt, habe ich alles mitgekriegt.

»Wir kommen aus dem Urlaub zurück, am Dienstag schauen wir bei dir vorbei. Es liegt auf dem Weg ... Ja, sage ich doch: Wir kommen ... Mit den Kindern, ja ... beiden, ja. Um fünf Uhr ... Nein, nachmittags natürlich.«

Sie sind lange nicht mehr da gewesen ... Ja, wie lange eigentlich?

Die Schweinehunde.

Ein bloßer Anruf, und schon macht sie sich mit Feuereifer an die Arbeit, sie ist mit ganzem Herzen bei der Sache. Es gibt so viel zu tun: saugen, wischen, Staubmäuse jagen, die sich unter dem Sessel versteckt haben. Die Federbetten aufschütteln. Und was es sonst noch alles in Ordnung zu bringen gibt.

Mir dreht sich der Kopf, wenn ich sie so herumwirbeln sehe. Und klapperdiklapp, die Sohlen ihrer Pantoffeln auf der Treppe, rauf und runter und wieder rauf. Manchmal bleibt sie ganz außer Atem stehen und hält sich mit beiden Händen das Kreuz. Sie schnappt nach Luft. Und lacht.

»Du könntest mir ruhig helfen, Léonard, statt nur zuzuschauen und mir vorwurfsvolle Blicke zuzuwerfen!«

Na klar doch, sicher … Ihr helfen …

Vor allem für diese Brut!

Monate-, nein, *jahre*lang lassen sie sich nicht blicken. Man vergisst sie und igelt sich ein. Man hat seine Ruhe. Der große Sessel am Kaminfeuer, die Unordnung auf den Regalen, die Suppe auf dem Herd, die bei kleiner Hitze vor sich hin köchelt und ihre Gemüse- und Speckschwartendünste verströmt. Sie, die hin und her läuft und vor sich hin plappert. Zu viel übrigens, sie macht mich kirre. Aber ich mag ihre brüchige Stimme, ihre lebhaften und zugleich sanften Bewegungen, ihren besonderen Geruch. Sie riecht nach Obstschalen, nach trockenem Brot und Heu.

Ich bekomme Hunger, sobald ich sie sehe.

Und da kündigen die sich plötzlich an! Sofort ist sie ganz aus dem Häuschen. Sie regt sich auf, macht Radau. Rückt Stühle, schrubbt, räumt auf. Bringt alles auf Hochglanz. Sie ist bereit für die Invasion, bereit, die langen Tage der Einsamkeit sofort zu vergessen, bereit, einen Kuchen in den Ofen zu schieben und sie mit offenen Armen zu empfangen.

Sie enttäuscht mich nicht, nein: Sie macht mich rasend. Sie plappert, sie schwatzt, sie quatscht mich voll. Nun beruhig dich doch, du alte Glucke! Als wären diese Leute das alles wert …

»Freust du dich, Léonard? Denk dir doch nur: Wer kommt uns besuchen, na?«

Idioten.

Eine Bande von egoistischen, lärmenden Idioten, die sich auf dein Sofa hocken, die Teller abschlecken und nichts übrig lassen werden. Die alles absuchen werden mit ihren habgierigen Blicken.

Und dann lassen sie ganz unschuldige Fragen fallen, *Sitzt du in diesem Sessel da bequem? In deinem alten Voltaire-Sessel? Es gibt jetzt viel bessere, weißt du … Viel bequemere … Wenn du den da loswerden willst, laden wir ihn in den Kombi und holen dir bei Conforama einen neuen. Nein? Du willst diesen da behalten? Du magst deinen alten Sessel? … Na, du hast ihn ja auch schon eine Weile, zugegeben. Du musst es wissen, nicht? Wir wollen dich schließlich nicht zu deinem Glück zwingen …*

Ich sage fast gar nichts, wenn sie da sind. Aber ich höre sie und verstehe, was sie eigentlich sagen wollen.

Ich höre sie, ich höre sie. Und meine arme trottelige Alte antwortet nichts. Sie behält ihr sanftes Lächeln und ihren unschuldigen Blick, der überquillt vor Zuneigung und Wohlwollen. Sie stellt sich taub. Da gehört schon einiges dazu, die Raffgier der anderen nicht zu bemerken, auch wenn man sie liebt. Da gehört einiges dazu.

Sieht sie denn nichts? Wirklich nichts?

Oder ist das der Preis der Liebe? Aber warum liebt sie sie denn nur so sehr?

»Das ist meine Familie, Léonard. Meine Familie, verstehst

du? Die einzigen Enkelkinder, die ich habe. Da kann ich sie doch ein bisschen verwöhnen, wenn sie mal kommen …«

Sie verwöhnen? Als wären sie das nicht schon, verwöhnt und verzogen bis ins Mark.

»Nicht wahr, Léonard? Du freust dich doch auch, wenn wir mal Besuch haben, stimmt's?«

Natürlich nicht, du arme alte Schnalle. Wenn ich deinen glatzköpfigen Enkel, seinen Drachen von Frau und ihre Brut ankommen sehe, sträubt sich mir das Gefieder. Wenn es nach mir ginge, würde ich sie allesamt ersäufen. Vor allem den Enkel. Er ist zudringlich, benimmt sich, als wäre er hier zu Hause. Er bringt mich auf die Palme.

Éliette hört nicht auf, sie strahlt wie ein Honigkuchenpferd. Ich schaffe es nie, sie so zum Strahlen zu bringen, oh nein.

»Ich hatte gar nicht erwartet, sie zu sehen! Und den Jungen, den werden wir gar nicht mehr wiedererkennen! Und die Kleine! Ach Gott, ach Gott, die Kleine! Beim letzten Mal lag sie noch im Kinderwagen … Weißt du noch?«

Und ob. Sie roch nach Pipi. Sie plärrte die ganze Zeit. Unerträglich fand ich das.

»Inzwischen kann sie bestimmt schon laufen!«

Genau das macht mir Sorgen.

»Ich bin mir sicher, dass du dich freust! Oder?«

»Mir tut der Kopf weh.«

»Das sagst du, aber im Grunde freust du dich. Ich kenn dich.«

Ach, denk doch, was du willst.

Éliette geht mir heute auf die Nerven. Ich kann dieses Remmidemmi nicht mehr ertragen, es stresst mich.

Jetzt reißt sie Türen, Fenster und Läden auf, dass es zieht wie Hechtsuppe, mir ist eiskalt. Wie wirst du es denn nachher anstellen, deine Läden wieder zuzukriegen? Bei dem Wind – der wird sie dir aus den Händen reißen und schlagen lassen, dass es nur so knallt. Du weißt doch, dass du das nicht mehr alleine schaffst! Mit mir brauchst du jedenfalls nicht zu rechnen.

Dir wird nichts anderes übrig bleiben, als die Nachbarin zu holen, diese böse Krähe. Sie wird mich mit ihrem angewiderten Blick anschauen, als würde sie denken, ich sei eine Last. Aber mich kümmert einen Dreck, was sie denkt. Einen feuchten Dreck. Das alte Biest!

Oder sie wird ihren Gockel rüberschicken, diesen hinterhältigen alten Kapaun, der immer mit aufgestelltem Kamm herumscharwenzelt und allen Leuten Ratschläge erteilt: »Wenn ich Sie wäre, Éliette, dann würde ich …«

Die Leute, die so anfangen, versetzen sich nie – nie – in die Lage der anderen. »Wenn ich Sie wäre, würde ich …«

Wenn du sie wärst, dann würdest du weniger den Schnabel aufreißen, armer Tölpel. Du wärst alt, steif und würdest ganz alleine leben. Keine Post, keine Besucher, keine Anrufe. Nichts Besseres zu tun, als die Stunden vorbeiziehen zu lassen. Du wärst ganz allein in deinem Sanduhrleben. Ganz allein. Mit mir.

Jetzt ist es hier schon fast so kalt wie draußen! Sie ist verruckt. Warum reißt sie jetzt auch noch im blauen Zimmer alles auf? Das benutzen wir doch nie.

»Die Tür!«

»Ich bitte dich, Léonard, schrei nicht so! Du könntest ruhig ein bisschen geduldiger sein! Mit dem Alter wird es nicht gerade besser mit dir, weißt du …«

Mit mir wird es nicht gerade besser? Mit ihr denn vielleicht? Da, was habe ich gesagt! Jetzt lässt sie alles stehen und liegen, die Türen und Fenster sperrangelweit offen, und geht mit einer Schüssel voll Wasser nach oben.

»Die Tür! Die Tür! Die Tüüür!«

»Aber ja! Nun warte mal! Du siehst doch, dass ich die Hände voll habe!«

Die Hände voll und den Kopf woanders.

Wir kennen uns seit über zwanzig Jahren. Ein ganzes Leben, im Grunde. Ich kann es ruhig sagen: Zu zweit alt werden ist nicht einfach. Mir gefällt es nicht zu sehen, wie sie verschleißt. Auch an mir geht die Zeit nicht spurlos vorbei. Aber bei mir ist es anders. Ganz anders. Ich werde immer weiser. Ich schreie weniger. Ich sehe die Dinge anders als früher. Sie hingegen … das arme Ding.

Sie schleppt sich dahin, wird immer langsamer. Sie rostet.

Als wir uns kennengelernt haben, ruhte sie sich nie aus, sie rannte den ganzen Tag herum. Dabei sang sie aus voller Kehle, es war die reinste Freude. Was hat sie mir für Schnulzen beigebracht: »*Zwanzig Jahr' wird man nur einmal …*« Die zwanzig Jahre hat sie viermal auf dem Buckel, meine Nachtigall. Viermal und ein paar Zerquetschte.

Wir haben uns einfach zu spät kennengelernt. Oh, sie ist eine gute Hausfrau, und nett dazu! Aber langsam wird sie schusselig. Sie setzt mir dreimal hintereinander das Gleiche zum Essen vor. Sie vergisst selber zu essen. Sie geht Brot kaufen, bevor der Bäcker aufmacht, oder wenn er schon zuhat. Und sie redet. Das hat sie immer getan, genau wie ich. Aber früher hat sie mit mir geredet. Heute faselt sie vor sich hin. Sie antwortet den Schauspielern im Fernsehen. Sie plappert nach, was sie sagen, und wackelt dabei mit dem Kopf. Von dem Stereo-Sound bekomme ich Migräne.

Da kann ich »Ähem!« sagen, so viel ich will, es ist ihr egal. Allerhöchstens senkt sie die Stimme ein bisschen.

Manchmal wird sie sogar sauer – ist das nicht die Höhe?

»Ach, du gehst mir auf die Nerven, Léonard! Nun lass mich doch in Ruhe!«

Manchmal schreie ich. Ich bekomme Wutanfälle. Dann wieder ignoriere ich sie. Ich schaue durchs Fenster in den Himmel. Entenschwärme, die in V-Formation nach Afrika fliegen, in die Hitze. Mein Leben ist bestürzend ruhig: nichts als schwatzende Elstern in der großen Robinie, ein paar kreischende Katzen. Die trippelnden Schritte meines Täubchens, meiner Éliette. Oder aber ich krame herum. Ich räume ein bisschen auf. Ich hasse Dreck, herumliegende Obst- und Gemüseschalen. Sie hat es nicht so gern, wenn ich aufräume. Tut mir leid, aber in meinem Alter ändert man sich nicht mehr.

Sie schnattert: »Nun sieh dir das mal an! Jetzt liegt das Zeug überall herum! Und wer muss das wieder aufkehren? Du etwa? Also wirklich, du übertreibst!«

»Ähem … So ist das! Und basta!«

»›So ist das – und basta! So ist das – und basta!‹ Nein, eben nicht basta! Aber was …? Hör auf damit! Léonard, hör auf, sonst werd ich sauer! Ich warne dich, ich werd sauer!«

Dann werd doch sauer. Was ändert das schon …

»So ist das! Ähem! Und basta! So ist das!«

Und basta.

Jetzt kommt sie die Treppe wieder runter. Die Schüssel ist randvoll mit Wäsche. Ein Laken hängt herab, eine richtige Stolperfalle.

Sie wird hinfallen. Sie wird hinfallen, unter schrillem Geschrei und lautem Gepolter. Sachen, die herunterpurzeln. Sie wird hinfallen und tot auf dem Boden liegen bleiben.

Und ich bin dann allein. Alt und allein. Allein in diesem Haus werde ich vor mich hin schreien. Und sinnlos aufräumen. Und sterben.

Na gut, heute fällt sie vielleicht nicht hin. Aber morgen? Wer sagt, dass sie nicht morgen hinfallen wird?

Als sie an mir vorbeigeht, sagt sie: »Ich weiß! Es zieht hier! Ich geh ja schon und mache die Fenster wieder zu!«

»Ähem ähem! Die Tüüüüür!«

»Und die Tür auch, hab schon verstanden! Ich muss aber doch auch mal lüften … Du bist eine Plage, weißt du das? Wenn es nach dir ginge, würden wir nie frische Luft bekommen. So, und jetzt willst du sicher was zum Knabbern, wette ich? Stimmt, es ist ja auch schon spät … Ach Gott, wie schnell die Zeit vergeht.«

Findet sie? Ich finde, die Zeit kriecht, wie sie so herumwirbelt, um mich herum Fenster und Türen aufreißt und dabei auch noch vergisst, mir was zum Beißen zu geben.

Aber das ist ihr piepegal. Sie lächelt mir zu: »Was darf ich dir denn anbieten? Einen Apfel, wie wär's? Oder ein Stückchen Sandkuchen? Magst du lieber Sandkuchen?«

»Apfel.«

»Bis du sicher?«

»Aaaaapfel!«

»Ja, ja, ist ja gut … Du musst nicht so schreien.«

Ich schreie nicht. Überhaupt nicht. Ich artikuliere mich nur, das ist alles. Schreien ist was anderes.

Das kann ich auch sehr gut.

Diese Äpfel duften einfach unglaublich! Sie sucht mir sorgfältig einen aus, das gefällt mir. Die Äpfel kommen aus ihrem Garten. Klein, ein bisschen sauer, aber nicht zu sehr, das Fruchtfleisch fest und saftig.

Aber heute isst sie nicht mit mir zusammen. Sie setzt sich nicht in ihren Sessel, die Hände mit der großen blauen Tasse im Schoß. Nein, sie geht schon wieder weg, sie lässt mich sitzen und geht zurück in ihre Küche, wo sie ganz laut redet, um mich glauben zu machen, dass sie mit mir spricht. Sie spricht aber nur mit sich selbst.

»Ich werde ihnen heute Abend ein Pot-au-feu kochen. Das ist doch gut, ein Pot-au-feu, meinst du nicht? Bei der Kälte … Die armen Kleinen, sie werden Hunger haben nach der langen Fahrt … Wobei, das sage ich so, ich weiß ja nicht mal, woher sie kommen. Sie haben nur gesagt, wir lägen ›auf ihrem Weg‹. Aber von wo sie kommen, das haben sie nicht dazugesagt! Diese jungen Leute, die nehmen es nie so genau … Ach, das war ja klar: Ich habe nicht alles da, was ich brauche! Wenn sie früher Bescheid gesagt hätten, dann hätte ich mich mit Vorräten eingedeckt …«

Bloß nicht. Dann würden sie dich ausplündern, mein Täubchen. Sie sind die reinsten Geier, das sag ich dir. Je weniger du ihnen gibst, desto besser. Und was ist mit mir? An *mich* denkst du wohl gar nicht? Was bleibt denn für mich übrig, wenn du ihnen alles in den Rachen wirfst? Ich zähle wohl überhaupt nicht … Fast hätte sie schon vergessen, mir meinen Apfel zu geben, nur weil ihre Familie sie besuchen kommt.

Ja, ihre Familie – dazu gäbe es einiges zu sagen!

Wenn die Jungen ausfliegen, wenn sie das Nest verlassen, dann sollten sie auch nicht mehr wiederkommen. Es ist nicht normal, wenn sie zurückkommen. Sie sind weg, und das war's. Jedem sein Leben.

Da, wo ich herkomme, macht man das so.

Sie kommt mit entschlossenem Blick aus der Küche. Dieser Blick gefällt mir nicht, ganz und gar nicht. Sie sagt: »Also, dann will ich mal einkaufen gehen, was fehlt.«

Was? Jetzt? Bei der Kälte?

»Ähem! Ähem! Nein-nein-nein.«

Sie zuckt mit den Schultern.

»Ich weiß schon, was du denkst: Es ist schon spät, und draußen friert es. Schau mich nicht dauernd so an mit deinem besorgten Blick! Das ist lästig, weißt du das? Ich beeile mich, versprochen. Du kannst solange fernsehen, gleich kommt die Quizsendung. Soll ich dir die Quizsendung anmachen?«

Pfff.

Sie zieht ihre Pantoffeln aus und ihre schwarzen Schuhe und ihren Mantel an. Ihre Bewegungen sind immer noch hübsch anzusehen.

Präzise, sorgfältige Bewegungen. Das verzaubert mich, hypnotisiert mich geradezu. Ich könnte einschlafen, wenn ich ihr so zuschaue. Sie knöpft sich den Kragen bis obenhin zu. Wie schafft sie es, diese dicken Holzknöpfe durch die winzigen Wollschlitze zu stecken? Es ist mir ein Rätsel.

Sie rückt ihre alte, dicke Wollmütze zurecht, blassgrau wie ihre Haare. Sie ist eitel wie ein Pfau! Will sie den Gemüsehändler verführen? Sie bindet sich den gestrickten Schal um. Sie nimmt ihre Einkaufstasche, steckt ihr Portemonnaie ein. Sie geht wirklich nach draußen. Bei dieser Kälte geht sie nach draußen.

Sie ist verrückt.

»Die Tür!«

Ich habe nicht geschrien. Ich habe nur laut gesprochen.

Die Tür fällt ins Schloss, Éliette verschwindet. Ihre Schritte auf dem Kies werden leiser. Dann nichts mehr. Wenn Éliette weggeht, klingt das Haus leer. Ich hasse es, wenn sie mich alleinlässt.

Ich neige den Kopf etwas zur Seite, nach links, nach rechts. Ich mustere das Stückchen Himmel, mal grau, mal blau, je nachdem. Den weißbrotfarbenen Vorhang, das dunkle Büfett, die hellen Wände. Meine ganze Welt. Ich pfeife vor mich hin, aber ohne rechten Schwung. Ich räuspere mich, ich mache Ordnung. Ich bringe die Minuten herum.

Vielleicht kommt sie nicht zurück. Was wäre, wenn sie nicht wiederkäme?

Macht euch ruhig über mich lustig. Aber so etwas kommt vor. Denkt nur an den Hund, zum Beispiel.

Der Hund ist letzten Winter gestorben. Einfach so, sozusagen zu meinen Füßen, auf seinem alten Teppich voller Haare vor dem Kamin. Also warum nicht auch Éliette? Ihr Haar wird immer weißer, sie verwelkt, wird ganz matt. Sie ist nur noch ein Gewirr von Falten, eine Ansammlung von Gedächtnislücken und Gezittere, von unterschwelligen, winzigen Zeichen. Beim Hund, das weiß ich noch genau, hat es auch so angefangen.

Éliette hat sich auf ihren mageren kleinen Beinen auf den Weg ins Dorf gemacht. Sie wird ganz außer Atem und mit roten Wangen zurückkommen. Sie wird zu schnell gelaufen sein, in ihrem tänzelnden Schritt, den Arm vom Gewicht der Einkaufstasche nach unten gezogen. Ihr Körper ganz gebeugt, um das Gewicht auszugleichen, wie ein Baum, der sich unter der Gewalt des Windes krümmt.

Und ich warte inzwischen auf sie.

Ich trete auf der Stelle, ich schaukle vor und zurück. Ich versuche, die Zeit zu füllen, um mich glauben zu machen, dass sie vergeht.

Ich warte auf sie. Ich krächze vor mich hin. Ich trainiere. Das ist wichtig. Man muss reden, reden, reden, um nicht aus der Übung zu kommen. Also sage ich: »Ähem, ähem! Guten Tag!«

Oder: »Oh! Du bist schön!«

Diese Worte mag sie sehr. Und ich sage sie nur für sie. Sie behauptet, ich sei treu.

Ich weiß nicht.

Die Tür geht auf. Da ist sie wieder. Sie stellt ihre Tasche auf der Schwelle ab, reibt sich die Hände.

»Ist das eine Kälte! Mein Gott, du hattest recht! Mir ist ganz schwummerig davon!«

Anfang Januar, ist doch klar … Sie wird sich noch den Tod holen, wenn sie weiter wegen jeder Kleinigkeit hinausgeht.

»Guten Tag!«

»Nanu, mein Léonard? Sagst du mir jetzt mehrmals am Tag ›Guten Tag‹? Du erinnerst dich doch wohl noch, dass wir uns vorhin erst gesehen haben?«

Sie lacht. Ich liebe es, wenn sie lacht. Sie kommt zu mir, streicht mir über die Stirn. Wir geben einander ein Küsschen. Ich mag es sehr, wenn sie so zärtlich ist.

Sie seufzt und lächelt dabei froh.

»Ich habe gar nicht mehr daran gedacht, aber heute ist Dreikönige, stell dir vor! Siehst du, gut, dass ich ins Dorf gegangen bin: Ich habe beim Bäcker einen Dreikönigskuchen gekauft! Die Kinder freuen sich sicher darüber. Hier, schau!«

Ich pfeife. Sie plustert sich auf.

»Ja, nicht? Ich habe den schönsten genommen, schau mal.«

Sicher auch den teuersten …

Ich kümmere mich nicht um Geld. Das ist Frauensache. Es ist mir ein Rätsel und interessiert mich nicht die Bohne. Aber ich weiß, dass man welches braucht, um Sachen zu kaufen. Obst, Brot, Milch, Vogelfutter. Ich weiß, dass es wichtig ist, das sehe ich daran, wie sie ihre Münzen zählt, wie sie sie in der hohlen Hand mit den Fingerspitzen sortiert.

Wenn Menschen so großzügig sind wie sie, dann macht es sie unglücklich, wenn sie nicht genug haben. Weil sie immer noch mehr herschenken möchten. Éliette ist so stolz auf ihren schönen Dreikönigskuchen. Und auf ihr Suppenfleisch, das sie mir in seinem blau-weiß karierten Einwickelpapier zeigt: »Lauter zarte Stücke! Der Metzger hat mich wirklich gut bedient, hast du das gesehen?«

Dafür wird ein guter Teil ihrer Rente draufgegangen sein. Wahrscheinlich sind nur ein paar Kupfermünzen übrig. Die mag ich am liebsten, weil sie so sanft schimmern, ganz unten im Portemonnaie.

Was wird sie sich noch auf den Teller legen können, wenn sie kein Geld mehr hat? Was wird sie essen, wenn sie wieder weg sind? Nichts. Jedenfalls nicht viel. Sie wird zwei, drei Krümel picken und ein Gesicht aufsetzen, als wäre sie pappsatt: »Hach, ich weiß gar nicht, was mit mir los ist, in letzter Zeit habe ich gar keinen Appetit …«

Aber meint ihr vielleicht, das stört die Kuckucke, die bald einfallen werden? Nicht die Spur.

Niemals würden sie fragen: »Können wir dir vielleicht irgendwas mitbringen, Oma Éliette?«

Aber auch wenn sie fragen würden, sie würde sowieso Nein sagen. Sie würde beleidigt dreinschauen: »Mir etwas mitbringen? Wie kommt ihr denn darauf? Ihr seid doch bei mir eingeladen!«

Sie sollten nichts verlangen. Sie sollten hier ankommen, schwer bepackt mit Blumen, Kuchen, Obst und frischem Brot mit dicker Kruste.

Dicke Brotkruste mag ich besonders gerne. Und Obst.

Sie sollten sie mit Geschenken überhäufen.

Wenn du wüsstest, was ich denke, wärst du nicht mit mir einverstanden, stimmt's, meine alte Glucke?

Aber ich sage dir gar nichts davon. Ich verkneife mir jeden Kommentar. Ich höre dir zu, das reicht voll und ganz.

»Sie kommen gegen fünf, haben sie gesagt! Das trifft sich gut, genau richtig zum Kuchen, nicht wahr? Ich werde ihnen ein schönes Feuer im Kamin machen, ich hole gleich Holz aus der Kammer. Aber eins nach dem anderen: Erst mal muss ich kochen. So ein Eintopf braucht Zeit.«

Sie huscht in die Küche. Ich schreie: »Die Tür!«

»Pfff! Ja doch, ich lasse sie offen! Ja doch …«

Diese Tür will ich nämlich nicht zuhaben. Das ist einfach so. Und basta.

Ich kann ihr ja nicht folgen. Ich habe nur die Geräusche, die Gerüche.

Nachher wird sie mir einen Happen Brot geben, den sie in die Sauce getunkt hat. Sie wird ihn mir in dem großen Löffel bringen, mit einer hohlen Hand darunter, damit es keine Flecken auf den Fliesen gibt, falls es tropft. Sie wird sagen: »Na, das schmeckt, wie? Ja, das magst du, mein Schlecker-mäulchen!«

Dann wird sie dahin zurückgehen, wo sie hergekommen ist. Ich werde sie vor sich hin singen hören mit ihrer piepsigen, manchmal krächzenden Stimme, die sich bei den hohen Tönen überschlägt. Sie wird singen, weil diese Leute kommen. Weil sie sie alle drei Jahre mal für einen Abend beehren. Für mich singt sie nicht mehr. Dabei könnte ich auch woanders sein. Ich könnte ein anderes Leben führen. Ich könnte frei sein. Frei wie ein Vogel.

Von wegen …

Sie hat eine hübsche Tischdecke aufgelegt. Der Dreikönigskuchen thront in der Mitte auf einer großen, verzierten weißen Platte. Éliette flattert weiter herum. Sie seufzt, macht Schubladen auf und zu, geht ins blaue Zimmer, kommt zurück, treppauf, treppab. Sie schnauft immer heftiger, trippelt immer langsamer. Sie lächelt mir zu, ihre Augen strahlen.

»Ähem, ähem! Du bist schön!«

Sie schüttelt den Kopf, lacht, streicht sich die Haare zurecht.

»Schön? Wie eine alte Hexe, ja! Sie werden finden, dass ich alt geworden bin!«

Aber nein, mein armes Täubchen, sie werden deine Falten gar nicht sehen. Dazu müssten sie dich ja ansehen, sich für dich interessieren. Und das tun sie nicht, da kannst du beruhigt sein.

»Ich habe ihnen den Tisch schön gedeckt, hast du gesehen? Und ich habe das blaue Zimmer für die Kleinen hergerichtet. Die Großen schlafen oben …«

Wenn sie »die Großen« sagt, meint sie ihre Enkel. Ihre Kinder nennt sie einfach »die Kinder«. So sagt sie, wenn sie sich ihre Fotoalben anschaut. Man muss nur den Worten zuhören und sie behalten. Ich behalte sie alle, in meinem kleinen Kopf. In meinem Spatzenhirn, wie sie sagt …

Da sind sie. Sie kommen. Ich höre den Ankunftslärm in der Allee. Sie klopfen an. Sie stürmen herein, und mit ihnen ein heftiger, eisiger Luftzug. Sie rufen: »Haaa-llo!«

Ach, meine Éliette, wie rosig, wie lebendig du plötzlich bist!

Die Kuckucke nehmen das ganze Nest für sich in Anspruch. Ihre Stimmen sind laut, ihre Bewegungen brüsk. Laurent, der Enkel, ist noch dicker geworden und hat kaum noch Flaum auf dem Kopf. Seine Frau ist dunkelhaarig, blass, mit einem mageren Gesicht. Die Kleine sieht mich und fängt an zu weinen. Der Junge kommt schon auf mich zu und schaut mich an, als wäre er der König der Welt.

Ich brülle: »Die Tür! Die Tüüür!«

»Immer liebenswürdig, stimmt's, Léonard!«, meint der Enkel.

Er lacht. Sein Lachen mag ich gar nicht.

Meine Éliette wirbelt um sie herum wie ein Nachtfalter, ungeschickt, flaumig und grau. Sie flattert in Zeitlupe, auf ihren etwas schwachen Beinen, mit ihrem rastlosen Atem.

»Und, Oma, was macht die Gesundheit, alles in Ordnung?«

Wenn euch das interessiert, müsstet ihr öfter kommen. An den Abenden, wenn sie ein bisschen traurig ist. An den nebligen Morgen, wenn die Straße vereist ist und sie nicht zum Bäcker gehen kann. An den Tagen, wo ihr Rheuma oder die Melancholie sich melden.

»Wir denken oft an dich, weißt du …«

Aber sicher.

Sie reden über dies und das, lauter belangloses Zeug. Sie sagen, es sei gut, auf dem Land zu leben. Weil in der Stadt, nicht wahr … Ja, was sie bräuchten, wäre ein Haus wie dieses hier.

Genau wie dieses hier.

Ach nee.

Und wird es für sie nicht langsam ein bisschen zu groß? Und unpraktisch … Allein diese Treppe, Herrgott, ist die vielleicht steil! Sie geht nie hoch? Na, das ist dann aber viel vergeudeter Raum … Und das Dorf? Ein bisschen weit weg, nicht, um jeden Tag einkaufen zu gehen … Ob sie nicht im Altersheim besser aufgehoben wäre?

Ja, genau, sperrt sie in einen Käfig. Oder noch besser, begrabt sie doch gleich.

Éliette lässt ihre Brut nicht aus den Augen, das muss man gesehen haben. Sie läuft hin und her, setzt Wasser auf für Kaffee, für Tee, für alles, was sie sich wünschen könnten. Sie kommt mit zwei Holzscheiten aus der Kammer. Sie machen halbherzige Anstalten aufzustehen, um ihr zu helfen. Sie protestiert, nein, nein, ach was, das schafft sie schon allein! Sie setzen sich wieder, machen es sich auf ihren Stühlen bequem. Man sieht genau, dass sie sich langweilen.

Aus der Küche ruft Éliette ihnen zu: »Ich habe gedacht, ein Dreikönigskuchen würde den Kleinen Freude machen. Das mögen sie doch, oder?«

Schweigen.

Sie fügt hinzu: »Wir schneiden ihn auf, dann lassen wir Mathieu die Stücke verteilen …«

»Äh, tja … Die Kinder haben unterwegs schon was gegessen … Sie haben sicher keinen großen Hunger.«

»Ach so? Dann heben wir ihn eben auf und essen ihn heute Abend zum Nachtisch! Ich habe Pot-au-feu gekocht. Das wird euch schmecken! Die Kleinen schlafen im blauen Zimmer, ich habe das Bett schon gemacht. Laure und du, ihr könnt oben schlafen, da habt ihr es gemütlich …«

Sie sieht nicht, wie ihre Gesichter immer länger werden. Ich schon. Sie hört nur ihre Antwort, die etwas verzögert kommt und unbehaglich und missgelaunt klingt: »Äh, weißt du, wir bleiben nicht über Nacht … Wir sind nur kurz vorbeigekommen, um dir Hallo zu sagen, damit du die Kinder mal siehst.«

»Ich will aber Dreikönigskuchen!«

»Mathieu, sei still. Wir haben sowieso keine Zeit.«

»Aber ihr wollt doch nicht gleich wieder fahren? Es ist dunkel, in einer Stunde ist überall Glatteis.«

»Ja eben, genau! Deswegen können wir nicht lange bleiben. Und Laure muss morgen früh raus und zur Arbeit.« Mathieu kreischt: »Ich will aber Kuchen!«

»Das könnt ihr ihm doch nicht abschlagen?«, beharrt meine gute Éliette tapfer.

»Also gut … Dann schneiden wir uns eben ein kleines Stück ab, wenn das so ist …«, quetscht die Bruthenne zwischen den Zähnen hervor.

Kein Zweifel, das passt ihr gar nicht.

»Und danach fahren wir«, fügt der Mann hinzu.

Wirklich ein großes Opfer, das sie da bringen. Wirst du ihnen dafür auch noch danken, meine gute Éliette?

Sie schneidet den Kuchen auf, ihre Hand zittert. Sie lässt den Jungen die Stücke verteilen.

»Für wen ist das Stück? Und das da?«

Es sind acht Stücke. Es wird etwas für uns übrig bleiben.

Die Mutter füttert ihre Tochter mit kleinen Häppchen. Nicht dass sie erstickt, falls sie die versteckte Bohne bekommen sollte.

Ich mag diesen Geruch nach Mandeln und Butter. Er erinnert mich an meine Éliette, nur in süßer.

Der Enkel räuspert sich schließlich, um die tückisch im

Hals festklebenden Worte auszuspucken: »Übrigens, Oma, mir ist da noch was eingefallen … Hast du deine Daguerreotypien eigentlich noch? Du weißt schon: die alten Familienfotos auf den Metallplatten? Die du immer auf dem Dachboden hattest? Ach, ich meinte nur so, um sie den Kindern zu zeigen … Ja? Du schenkst sie uns? Aber nicht doch, wir wollen sie dir ja nicht wegnehmen … Na ja, wenn du sie loswerden willst … Also gut, dann ist das was anderes …«

Sie gehen wieder. Sie sind kaum länger als eine Stunde geblieben. Sie nehmen zwei große Kartons voller Sachen mit. Die Daguerreotypien, eine bestickte alte Stola, eine Spieldose. Alte Holzspielsachen. Diese gemeinen Elstern, wie sie meiner Éliette ihre Jugend aus dem Nest stehlen.

»Wir kommen dich bald wieder besuchen, versprochen …«

Aber sicher.

»Kinder, gebt Oma Éliette ein Küsschen!«

»Mathieu, du kommst sofort her und gibst ein Küsschen, habe ich gesagt!«

Ich halte es nicht mehr aus, ich schreie los, ich rege mich auf. Ich schmeiße vor Wut alles um mich. Ich brülle: »Die Tür! Die Tü-ü-ür! Mir tut der Kopf weeeh!«

Laurent wirft mir einen gereizten Blick zu. Er fragt Éliette: »Ob der wohl noch lange leben wird?«

Éliette lächelt mir zu und antwortet: »Das will ich doch hoffen …«

»Ehrlich, wie kannst du ihn ertragen? Er schreit ständig und schmeißt mit Dreck um sich, wenn er so herumscharrt in seinem Käfig!«

»Ach … Er räumt auf … Das ist eben seine Marotte!«

»Wie heißt der Vogel?«, fragt der Junge.

»Er heißt Léonard, mein Spatz. Er ist ein Beo.«

»Spricht er?«

»Ja«, mischt sich die Mutter ein. »Das heißt, ›sprechen‹ ist zu viel gesagt. Er plappert nach, nichts weiter. Er versteht nicht, was er sagt.«

Dumme Pute.

»Los, jetzt fahren wir!«

Fast hätte sie dazugesagt: *Wir haben schon genug Zeit verloren.*

Die Kleine trippelt zu meiner Éliette. Sie hält ihr die goldene Pappkrone vom Dreikönigskuchen hin und sagt: »Da!«

»Schenkst du sie mir? Ach, du bist aber lieb …«, staunt meine graue Turteltaube verzückt.

Die Kleine ist in eine orange-gelbe Jacke eingemummt und sieht aus wie ein aufgeplustertes Küken.

Sie versucht, die Krone auf Éliettes Haare zu setzen. Sie lacht.

»So, jetzt gehen wir aber wirklich. Also, Oma, mach's gut und bis bald!«

Éliette hat die Krone aufbehalten. Mit einem Finger zieht sie den Vorhang zurück, um noch einen Blick auf sie zu erhaschen.

Du weißt doch, dass es dunkel ist … Sie sind jetzt schon weit weg.

Sie waren schon weit weg, als sie angekommen sind.

Mit kleinen Schritten trippelt Éliette um den Tisch und räumt die Dessertteller ab, dann sammelt sie die Krümel in ihrer faltigen Hand, bevor sie die Tischdecke ausschüttelt. Sie stochert ein bisschen im Feuer herum. Dann schneidet sie ein Stück von dem Dreikönigskuchen ab und reicht es mir durch die Gitterstäbe. Mit nachdenklicher Miene sinniert sie: »Mein Gott, wie schnell die Zeit vergeht, wenn sie da sind, nicht wahr, Léonard?«

Ich picke zärtlich an ihrem Finger. Ich antworte ihr: »Du bist schön.«

Sie setzt sich in ihren großen Sessel und schaut schweigend ins Feuer.

Das Holz ächzt unter den Flammen.

Morgen wird es kalt werden.

Murphys Gesetz

*W*ie hätte ich es ahnen können, an dem Tag, an dem ich Moses gefunden habe? Das, was passieren würde, meine ich.

Ich lief die Straße entlang. Ich ging über den Boulevard Edison von der Arbeit nach Hause.

Erst mal muss ich Ihnen sagen, dass ich eigentlich gar nicht da entlang hätte gehen sollen. Weil der Boulevard normalerweise ein Umweg ist. Aber ich musste eine DVD in die Videothek zurückbringen.

Das ist vielleicht eine Abschweifung. Aber man weiß ja nie, was wichtig sein wird und was nicht, wenn man eine Geschichte erzählen will. Ich bin nicht gerne ungenau. Vor allem, was wahre Geschichten angeht. Also sage ich lieber noch dazu: Es regnete.

Aber »es regnete« wird Ihnen vielleicht keine richtige Vorstellung von dem Wetter an jenem Abend geben.

Regnen ist vage. Feucht, aber vage.

Genauer gesagt: Es goss in Strömen.

Und das natürlich ausgerechnet an dem Tag, an dem ich einen Umweg machen musste, um eine DVD zurückzubringen.

An dem Tag, an dem ich in der Mittagspause beim Friseur gewesen war.

An dem Tag, an dem ich meine Ledersandalen und meine weiße Hose anhatte.

Natürlich.

So ist es sowieso immer.

Wie Monsieur Peyrelot aus der Buchhaltung sagt: Das ist Murphys Gesetz!

Anders gesagt, das Gesetz der maximalen Scheiße – Sie verzeihen! –, das bewirkt, dass die Dinge immer genau an dem Tag passieren, an dem sie nicht passieren sollten. Eine weiße Hose im strömenden Regen, und kein Regenschirm dabei. Sie verstehen, was ich meine.

Ich hatte Angst, dass die Videothek schließen würde, also beeilte ich mich, es ist nämlich nicht meine Art, Filme nicht rechtzeitig zurückzugeben. Ich war aber trotzdem ein bisschen spät dran, aus dem einfachen Grund, dass Madame Vélin, die Chefbuchhalterin, mich gebeten hatte, eine halbe Stunde länger zu bleiben, um die Liquiditätsentwicklung fertig zu machen. Was völlig gerechtfertigt war, weil wir tags zuvor um halb fünf eine zusätzliche Pause gemacht hatten, um Valérie unser kleines Hochzeitsgeschenk zu überreichen, und die verlorene Zeit musste natürlich aufgeholt werden.

Ich bleibe sowieso öfters länger, um Madame Vélin zu helfen.

Sie weiß, dass sie immer auf mich zählen kann.

Unser Betriebsklima ist sehr gut: Sobald es einen Anlass gibt, wird gesammelt, und jeder steuert sein Scherflein bei. Für die Hochzeit von Valérie habe ich fünf Euro gegeben, und zwar ohne zu zögern, das können Sie mir glauben! Ich bin mir sicher, wenn ich geheiratet oder Kinder bekommen oder sonst etwas zu feiern gehabt hätte in meinem Leben, dann hätte ich auch eine gefüllte kleine Sparbüchse bekommen.

Die für Valérie hatte die Form einer Giraffe, weil sie sehr groß ist. Valérie, meine ich.

Letztes Jahr, als Monsieur Batelier in den Ruhestand ging – ein gutaussehender Mann, der ein bisschen hinter den Frauen her ist –, war die Sparbüchse ein rosa Schweinchen.

Sehen Sie, ich lüge nicht, wenn ich sage, dass wir eine Menge Spaß haben!

Die Sparbüchsen besorgt immer Madame Vélin.

Sie hat einen sehr sicheren und doch persönlichen Geschmack.

Im Büro haben wir so unsere Gewohnheiten, unsere Traditionen. Zum Beispiel fängt Monsieur Peyrelot jeden Morgen, wenn ich ankomme, an zu singen: »Als unser Mops ein Möpschen war …«

Und dann fügt er augenzwinkernd hinzu: »Du verstehst doch Spaß, nicht wahr, Sylviane?«

Ihm gefällt es, andere zu necken.

Dann schickt er mich los, um ihm einen Kaffee zu holen. Was ich gerne mache, ohne je zu murren.

Und ich weiß, dass er mich dafür schätzt – wie er immer sagt: »Es gibt so wenig hilfsbereite Menschen!«

Er weiß genau, dass ich zu diesen Menschen gehöre. Aber er übertreibt es nicht: Zwei- oder dreimal am Tag ein Kaffee, mal ein Knopf, der angenäht werden muss, ein paar Akten, die in Ordnung gebracht werden müssen, wenn er in Verzug ist – ehrlich, was ist das schon?

Aber ich schweife ab, ich verliere den Faden … Also, ich beeilte mich.

Ich ging über den Zebrastreifen, gegenüber von dem kleinen Supermarkt. Als ich auf der anderen Seite ankam, raste ein Lastwagen vorbei, mitten durch eine Pfütze, und spritze meine Hose voll.

Vielen Dank, Mister Murphy.

Ich ging weiter.

Auf dem Bürgersteig ging ich dann nach rechts, da gibt's keine andere Wahl. Wenn ich so viele Einzelheiten anführe, dann deshalb, weil ich mich überall verirre, deshalb muss ich rekapitulieren. Aber ich kann auch abkürzen, wenn es sein muss.

Wenn es sein muss, kann ich abkürzen.

Ja? Nein?

Gut.

Ich bin also nach rechts gegangen. Keine andere Wahl.

Und da (also nicht *genau* da, ich mache hier schließlich keinen Kostenvoranschlag. Wenn ich *da* sage, dann heißt das ungefähr, sagen wir: zwanzig Meter weiter), da ist also eine kleine Sackgasse, wo sich eine Menge Müll stapelt.

Die Straße liegt nicht auf meinem Weg – klar, ist ja eine Sackgasse –, aber ich komme an ihr vorbei.

Folgen Sie mir? Und *da*, in dem Moment, wo ich an dieser Sackgasse vorbeigehe, von der ich gerade gesprochen habe, höre ich etwas wie ein Spatzenpiepen. Wenn ich »Spatz« sage, ist das keine Aussage über die Vogelart.

Einfach ein kleines Vogelpiepen, wenn Ihnen das lieber ist.

Und da habe ich gedacht: Nanu?

Ich habe hingeschaut, es hat wieder angefangen zu piepen, und Sie werden es mir nicht glauben: Es kam aus einer der Mülltonnen!

Da habe ich mir gesagt: Himmelherrgott, das kann doch nicht wahr sein, hat etwa irgendein Irrer einen Vogel da reingeschmissen?

Ich hebe einen Deckel an: nichts. Einen zweiten: wieder nichts.

Ich hörte das Geräusch immer noch, aber ich fand einfach nicht raus, wo es herkam. Also krempelte ich die Ärmel hoch und fing an, in dieser ekligen Ecke herumzustöbern, ich schob Kartons zur Seite, sortierte Flaschen, mitten in all den vergammelnden Abfällen, die nicht mal meine eigenen waren. Wie schaffen die Müllmänner es nur, dass ihnen nicht schlecht wird?

Das ist vielleicht ein Beruf, sage ich Ihnen, dazu muss man berufen sein.

Ab und zu hielt ich inne und lauschte. Der Vogel war immer noch da, er kreischte. Ich hörte, dass er herumzappelte, und dachte mir: Der Arme, er muss panische Angst haben und mit aller Kraft mit seinen kleinen Krallen oder seinem kleinen Schnabel oder sonst was scharren.

Aber nichts zu machen, ich konnte ihn einfach nicht finden.

Und genau in dem Moment, als ich dachte: So, jetzt reicht's, ich will mich nicht von Kopf bis Fuß schmutzig machen – da finde ich ein Kätzchen!

Es war hinter einer Holzkiste eingeklemmt, ich weiß nicht, wie es das geschafft hatte, und weinte nach seiner Mutter, wie Kévin, der älteste Sohn meiner jüngsten Schwester, sagen würde.

Das Kätzchen war schwarz und winzig klein, nicht mehr als anderthalb Monate alt, vielleicht weniger. Ich kenne mich mit Miezekatzen ein bisschen aus. Es hatte graublaue Augen, winzige Pfötchen, und es miaute in meiner Hand wie verrückt, als würde es gleich sterben vor Hunger, Durst, Angst und Zorn.

»Hast du deine Mama verloren?«, habe ich gefragt.

Aber angesichts seines Zustands brauchte ich gar keine Antwort. Eine Katzenmama würde ihr Junges nie so verdrecken lassen, es hatte ganz verklebte Augen, eine rotztriefende Nase und einen verschmierten Popo.

33

Da habe ich mir gesagt, die Videothek kann warten, Ausnahmen bestätigen die Regel, und habe mich mit diesem kleinen Etwas in den Händen, das schrille *Miiiauuuus* von sich gab, auf den Nachhauseweg gemacht.

Zu Hause angekommen, habe ich eine Decke herausgesucht und ein Gefäß, das als Fressnapf dienen konnte, ein anderes als Trinknapf. Ich habe das Kätzchen sauber gemacht, ihm klebten lauter Thunfischfetzen im Fell, und beschlossen, es Moses zu nennen, weil ich ihm das Leben gerettet hatte. Und so bin ich in die Falle gegangen.

Ich, die ich in gesundem Egoismus lebte und mich nur um mich selbst kümmerte, habe angefangen, meine Zeit der Erziehung dieses Miniatur-Kätzchens zu widmen, das es sich bei mir ganz schön gutgehen ließ, der kleine Schlawiner!

Ich erspare Ihnen die Pipipfützen direkt neben der Kiste und die Zeit, die ich damit zugebracht habe, es am Pfötchen zu nehmen – *Gib Pfötchen, gib Pfötchen, aua! Man kratzt seine Mama nicht, gib Pfötchen, sag ich dir!* – und ihm beizubringen, wie man seine Häufchen in der Streu verscharrt.

Und die Sitzbäder im Waschbecken, um ihm mit lauwarmem Wasser und Babyshampoo den Hintern zu waschen – ich konnte es ja schließlich nicht sauber schlecken, wie seine Mutter es getan hätte.

Und ich rede auch nicht von dem fragenden *miiiaauuu?*-Gemaunze mitten in der Nacht oder von dem Gekratze an meiner Tür – an meinen Tapeten – meinen Vorhängen – meinen Sesseln – meinen Strumpfhosen.

Auch nicht von dem schleimigen Erbrochenen auf dem Teppichboden. Auch nicht von den Durchfällen. Nein, von all dem rede ich nicht. So sieht der Alltag einer Mutter aus.

Ja, einer Mutter, das Wort ist nicht übertrieben. Denn ein Kätzchen ist genau wie ein Baby (jedenfalls so, wie ich mir das vorstelle, ich kenne es nicht aus eigener Erfahrung): Ein ganzes Sortiment von täglichen Sorgen, Ängsten und Affronts. Aber auch so viel Freude! Endlich jemand, mit dem ich reden kann, der mir nie widerspricht, dem ich alle meine Geheimnisse anvertrauen kann, sogar die, die ich erfunden habe … Deswegen waren die Pipipfützen, die Kratzspuren und alles Übrige bald nebensächlich geworden, Kinkerlitzchen, gemessen an der tiefen Veränderung, die Moses in mein Leben gebracht hat. Mehr noch als eine Veränderung, es war eine Umwälzung, ja, deren Tragweite mir an dem Tag klar wurde, an dem ich im Büro auf die Uhr schaute und seufzend feststellte, dass es noch eineinviertel Stunden dauern würde, bis ich nach Hause gehen und meinen Moses, mein Baby, mein Lumpi wiedersehen könnte.

Auf die Uhr schauen!

Ich.

Bei der Arbeit, meine ich.

Tatsächlich dachte ich seit ein paar Tagen immer öfter an mein Kätzchen, mein Miezi, meinen Panther, wenn ich nicht bei ihm war. Und ich sehnte mich nach ihm.

Ob ihm alleine nicht langweilig war? Ob sich sein Schaumstoffball nicht unter dem Büfett eingeklemmt hatte? Ob nicht eine eklige Fliege in seinem Wasserschälchen ertrunken war oder in seinem Kätzchenfutter festklebte *(Zarte Häppchen mit Lachs und Leber)*?

Falls Sie Kinder haben, dann wissen Sie, was ich meine.

Und an diesem Tag war es dann stärker als ich. Ich konnte nicht anders, als immer wieder auf die Uhr zu schauen, unauffällig, aber immer öfter.

Noch achtundfünfzig Minuten. Dreiundvierzig. Siebenunddreißig.

Nur noch achtundzwanzig Minuten.

Fünfundzwanzig.

Zweiundzwanzig.

Bei Bailleux, Prode & Lemasson angestellt zu sein, und noch dazu in der Buchhaltung, ist ein Privileg, das viele gern hätten, wie Madame Vélin immer so schön sagt.

Zum Glück hatte niemand etwas bemerkt.

Das heißt, doch, schließlich hat mich Madame Vélin mit ihrer honigsüßen Stimme ganz laut gefragt: »Nun, Sylviane, haben wir es heute eilig, zu gehen?«

Ich wurde rot, ohne jedoch aus den Belegen zum Umlaufvermögen aufzublicken.

Ich hörte es ringsum murmeln. Ich spürte, dass man mich anschaute. Madame Vélin ließ nicht locker: »Ich hätte nämlich gerade heute gerne gehabt, dass Sie ein bisschen länger bleiben. Das geht doch, nicht wahr?«

Da hörte ich mich antworten: »Nein.«

Todesstille.

Die ganze Abteilung erstarrte, die Hände hingen über den Tastaturen, über den Mäusen in der Schwebe. Monsieur Peyrelot, Madame Verdier. Valérie, die Sekretärin. Und sogar Monsieur Beddaouï vom Versand, der gerade einen Stapel Begleitscheine abstempeln ließ. Madame Vélin saß mit offenem Mund da. Dann fasste sie sich wieder und fragte nach: »Wie bitte? … Äh? … Aha … Haben Sie vielleicht eine Verabredung?«

Monsieur Peyrelot kicherte.

Ich antwortete: »Was geht Sie das an?«

Valérie wurde blass. Madame Verdier auch. Monsieur Beddaouï ließ die Begleitscheine auf den Schreibtisch von

Monsieur Peyrelot fallen, der sich an seinem Kaffee verschluckte.

Ich schaute auf die Uhr. Es war so weit. Dienstschluss.

Ich sagte: »Guten Abend.«

Und ging.

Auf dem Heimweg ging ich beim DVD-Verleiher vorbei, den ich völlig vergessen hatte seit dem Tag, an dem ich meinen Moses, mein Wollknäuel, mein Angorapfläumchen gefunden hatte.

Er wollte mir zehn Euro als Strafgebühr abknöpfen, weil ich *Sinn und Sinnlichkeit* über anderthalb Monate behalten hatte. Ich weigerte mich, sie zu bezahlen. Er sagte, so ginge das aber nicht, und ich antwortete ihm, er könne mir ja einen Gerichtsvollzieher schicken, wenn er Zeit zu verlieren habe. Er beschimpfte mich als unredlich. Und ich ihn als alten Knacker.

Vor meinem Haus tratschte die Concierge an der Tür mit einer Nachbarin. Als sie mich sah, winkte sie mich mit ausladenden Gesten herbei.

Mir blieb fast das Herz stehen.

War meinem Momo, meinem Schatz, meinem Schmuckstück, meinem Wunder etwas passiert?

Da sagte sie: »Wir sammeln gerade.«

Ich atmete auf und fragte: »Wofür denn?«

»Monsieur und Madame Breton aus dem dritten Stock rechts haben ein Baby bekommen. Es ist ein Junge. Wie viel geben Sie?«

Ich antwortete: »Nichts.«

Sie schaute mich an, als hätte ich gerade auf den Gehweg gemacht.

Sie stammelte: »Nichts? Wie, *nichts?* … Äh … Ich meine … Sind Sie sicher …? Wirklich gar nichts?« Und fügte hinzu: »Aber warum denn nicht?«

»Weil ich sie nicht kenne. Ich habe sie noch nie gesehen. Also ist es mir egal, verstehen Sie?«

»Ach, aber für ein Baby …!«, flötete die Nachbarin, eine gepuderte alte Ziege, die ich auch nicht kenne.

Ich zuckte mit den Schultern.

Und ließ sie stehen.

Als ich die Treppe hochging, fühlte ich mich frei.

In der Wohnung war alles ruhig.

Durch die Fenster sah ich die Lichter der Stadt strahlen wie Girlanden. Wie lauter Lichterketten, die man zur Dekoration aufgehängt hatte, nur für mich, um mir eine Freude zu machen. Ich hatte noch nie bemerkt, wie hübsch das war.

Mein Momo, mein Schatz, mein Fröschlein war auf meinem Bett eingeschlafen.

Als er mich hörte, öffnete er ein Auge, streckte sich, gähnte und zeigte mir seine Milchzähne, seine rosa Zunge. Ich drückte ihn an mich und kraulte ihn am Hals und am Kopf.

Er fing an zu schnurren, es war das erste Mal.

Wie macht sie das nur?

Sie kommt wie immer zu spät. Sie hat ein gestörtes Verhältnis zu Uhren. Ich weiß, es ist keine Absicht. Aber ich ertrage es einfach nicht.

Fünfunddreißig Minuten, in denen ich die Kreuzung, die Zebrastreifen, die Ampeln anschauen darf. Die Fußgänger im Regen, die mit gesenkter Stirn auf mich zukommen, kurz vor der Fensterfront plötzlich abbiegen oder ins Café hereinkommen, mit den Füßen aufstampfen und *Brrr!* machen, wenn sie die eiskalte Luft und den Nieselregen hinter sich lassen.

Fünfunddreißig Minuten, dieses Miststück! Wie oft in meinem Leben habe ich auf sie gewartet …

Dabei habe ich eigentlich alle Zeit der Welt, seit ich im Ruhestand bin. Aber es ist eine zu weitläufige, zu neue Zeit. Ich seufze, bestelle mir noch einen Kaffee. Er schmeckt nach Vorwürfen.

Ich denke, dass ich zu viel Kaffee trinke, dass ich alles im Übermaß tue. Ich rauche zu viel, esse zu viel, ärgere mich zu sehr über Kleinigkeiten. Ich bin zu einsam. Und auch zu geduldig mit ihr.

Aber jetzt gehe ich gleich, das ist beschlossene Sache. Sie wird meinen Stuhl leer vorfinden, und das geschieht ihr ganz recht. Jawohl.

Aber wozu wäre das gut? Es wäre ihr egal. Nicht, dass

sie gleichgültig ist, aber an ihren rosigen Wangen und ihren erstaunten blauen Augen gleitet alles ab. Sie sieht nirgends etwas Böses, während ich es so ziemlich überall vermute. Nichts irritiert sie. Mich verletzt alles.

Endlich kommt sie zur Tür herein. Sie schaut sich suchend um und lächelt dabei schon.

Dann entdeckt sie mich und kommt in ihrem mädchenhaften Gang auf mich zu. Sie geht nicht, sie tänzelt. Ich habe immer das Gefühl, zwischen dem Boden und ihr sei ein Geflecht von unsichtbaren Seilen gespannt, über das sie hinübertanzt, hopp! Sie hüpft auf einem Bein durchs Leben, kickt die Sorgen mit der Spitze ihrer Stiefeletten vor sich her und schießt sie direkt ins Paradies. Je länger ich sie gehen sehe, desto schwerer fühle ich mich. Im Boden verankert, tief hineingepflanzt. Fast schon begraben.

Ich frage: »Wie geht's?«

Sie setzt sich mit einem betrübten kleinen Seufzer: »Hast du lange auf mich gewartet?«

Fünfunddreißig Minuten. Was soll ich da antworten? Dass ich genau so lange auf sie gewartet habe, wie sie sich verspätet hat?

Spar dir deine Galle. Heb sie dir für später auf.

»Nein, geht schon. Ich habe zwei Tassen Kaffee getrunken.«

Ich schaue sie an. Sie sieht gut aus, ich glaube, sie hat etwas zugenommen und ihren zarten Spatzenkörper etwas aufgepäppelt. Sie ist schöner geworden. Immer in leuchtende Farben gekleidet, mein hübscher kleiner Papagei. Eine safrangelbe Stola, ein schöner Pulli mit großem Rollkragen in einem tiefen, dumpfen, chinesischen Rot. Ein dunkler Wollmantel mit Satineinsätzen in lebhaften, schillernden Tönen. Ich sähe in solchen Kleidern lächerlich aus.

Sie regt mich auf: Ihr steht einfach alles.

Mein Blick bleibt an ihrem barocken Schmuck hängen, riesige Fingerringe und eine schwere Kette.

»Ist das neu?«

Ich schätze das Armband mit dem Blick ab. Sie lacht. Es ist nicht echt, sie hat es auf dem Flohmarkt entdeckt. Sie fand es hübsch. Ist doch hübsch, oder?

Übergangslos sorgt sie sich um mein Aussehen. Springt von einem Lachen zu einer Sorge.

»Du kommst mir müde vor, oder …?«

Sie wartet meine Antwort nicht ab, dreht sich um, winkt dem Kellner. Nein, nicht einmal. Sie neigt den Kopf ganz leicht zur Seite, sie hat diesen Samtblick, dieses kaum angedeutete Lächeln, das tausend Fältchen wirft. Und schon kommt er angelaufen, der große Tölpel. Eilig, beflissen.

Ich musste ihn vorhin viermal rufen, bis er geruhte, mir einen Kaffee zu bringen. Musste einen Arm in die Luft strecken und mit der Hand wedeln: »Hallo, entschuldigen Sie!«

Aber sie hat das nicht nötig: Ein Wimpernklimpern, ein angedeuteter Schmollmund, nicht das kleinste Winken – und schon kommt jemand angelaufen, schon fragt jemand nach ihren Wünschen. Einen Tee? Aber gerne! Kommt sofort! Mit einem Scheibchen Zitrone, einem Tröpfchen Milch?

Und vielleicht eine kleine Rückenmassage, wenn wir schon mal dabei sind?

In einem Augenblick wird man ihr eine Tasse bringen.

Und dann wird sie den wackeren Ritter, der ihr einen bitteren Lipton Yellow mit einem schlechten Schokoladentäfelchen darbringt wie eine Opfergabe, unendlich dankbar anlächeln. Sie wird ihn anlächeln, als wäre er unter Einsatz seines Lebens losgezogen, um ihr das Herz eines wilden Drachens zu holen.

Und der Kellner wird stolz hinter seine Theke zurückkehren, wie ein Eroberer, der seine Schöne verführt hat.

Mir knallt man meine Bestellung unsanft auf den Tisch, und ich muss noch nach Zucker fragen, oder nach einem Löffel. Wie macht sie das nur?

»Ich habe dich vermisst, weißt du. Ich freue mich, dich zu sehen.«

Ich lächle. Sie hat mir auch gefehlt, die Giftnudel. Ich frage sie nach ihrer Reise. Keine Karte, kein Anruf übrigens, vielen Dank für die Aufmerksamkeit. Dann frage ich besorgt, ob alles gut gelaufen sei. Ganz alleine, so weit weg, ist das denn wirklich vernünftig?

»Na hör mal, ich bin doch kein kleines Mädchen mehr!«

Ich habe da so meine Zweifel. Aber natürlich weiß ich, dass sie recht hat: Ich sehe es an meinen eigenen Falten. An meinen schmal gewordenen Lippen, meiner erschlaffenden Haut, an den immer weißer werdenden Haaren. Aber sie ist noch so zart, so naiv.

Sie redet schnell und lange. Ich höre, wie sie ihre Sätze abspult, und da schleicht sich mir ein Zweifel ein.

Ich kenne sie. Sosehr sie auch schauspielert, ich ahne, dass sie unter den Pailletten und den wortreichen Beschreibungen ein Geheimnis vor mir verbirgt. Oder vielmehr, dass sie es gerade für mich herrichtet und sorgfältig verpackt. Ich kenne sie, das raffinierte Stück.

Sie hat eine neue Frisur, etwas kürzer, etwas strubbeliger. In ihrem Blick liegt etwas Glänzendes, etwas Fiebriges, ein etwas zu helles Leuchten, das mich plötzlich beunruhigt. Und wenn sie krank wäre? Wenn sie mir etwas beizubringen hätte, ich weiß nicht, eine schreckliche Nachricht? Ich bekomme Angst, mustere sie. Ein paar Kilos mehr, rote Wangen. Die kurzgeschnittenen Haare. Diese vorgebliche Reise, von der ich keine Beweise bekommen habe …

Und da sagt sie auch schon: »Ich wollte mit dir reden.«

Etwas in mir zerbricht. Die Zeit bleibt stehen. Ich spüre, dass sie mich anschaut, dann fragt sie mit erstaunter Stimme: »Aber was hast du denn? Was machst du denn plötzlich für ein Gesicht? Ist dir nicht gut? Bist du krank?«

Sie redet weiter, ohne mir Zeit zum Antworten zu lassen, und ich spüre die echte Sorge, die sie überkommt: »Wenn du ein Problem hast, will ich es wissen, hörst du? Ich will nicht, dass du etwas vor mir geheim hältst! Was ist los? Ist etwas passiert, während ich nicht da war? Bist du krank, ist es das?«

Ich wehre ab: »Nein, ich doch nicht, du …!«

»Ich? Warum ich? Was willst du damit sagen?«

Ich blicke auf, sie spielt nicht. Sie ist wirklich überrascht. Ich erkläre. Ich komme mir dämlich vor. Und ich werfe alles in einen Topf, diese Reise, ihre Verspätung, dass sie mit mir reden will, die abgeschnittenen Haare, die Kilos …

»Ach, findest du, ich habe so viel zugenommen …?«

Ja. Nein. Es steht ihr gut.

Und dann dieses Etwas, das ich in ihren Augen sehe. Eine noch größere Fieberhaftigkeit als gewöhnlich.

»Ich bin also normalerweise fieberhaft?«

Ja. Nein. Ich weiß nicht. Ich spüre, wie sie in der Defensive ist, und stammele kläglich irgendwas. Das ist es nicht, was ich sagen wollte. Ich weiß nicht, was ich sagen wollte. Aber egal, ja? Wir wollen nicht noch stundenlang darüber diskutieren.

»Ich dachte, du wärst krank, und das wäre es, was du mir sagen wolltest.«

Die Anspannung lässt nach. Sie lächelt – dann sorge ich

mich also um sie? Unausgesprochen darunter: Es ist mir also nicht gleichgültig, was mit ihr passieren könnte? Sie freut sich. Was für ein Gift.

Sie sagt: »Nein, ich bin nicht krank, kein bisschen! Und stell dir vor, es geht mir sogar so gut wie schon ewig nicht mehr.«

Sie lächelt.

Sie klimpert mit den Wimpern, und der Kellner holt ihr eine zweite Tasse Tee.

Sie wartet. Als die Tasse ankommt – mit dem Schokotäfelchen –, nimmt sie sie zwischen die Hände und wärmt sich daran. Das macht sie schon immer so.

Ich vergehe inzwischen vor Ungeduld. Ich koche. Ich rase innerlich. Ich scharre mit den Füßen.

»Gut, also? Was ist denn nun die Neuigkeit? Erzählst du es mir endlich?«

Sie schaut mir tief in die Augen, bis auf den Grund. Sogar noch weiter. Sie taucht in mich ein und dann weit dahinter wieder auf, anderswo, in einer Welt, in der ich nicht bin. Wir haben nie auf demselben Planeten gelebt, sie und ich. Wo sie auch hingeht, macht sie die Flatter. Und wo ich auch bin, sitze ich in der Falle.

Sie schweigt. Ich spüre, dass sie ihren Mut in beide Hände nimmt, um mir irgendetwas zu gestehen, ich weiß nicht, was, aber es scheint sehr schwierig zu sein … Wieder bekomme ich Angst. Was ist nur los …?

Sie wird weggehen. Ja, das ist es: Sie wird weggehen. Sie wird ins Ausland gehen und dort leben. Sie redet schon so lange davon, sie ist dazu in der Lage. Sie wird fortgehen, mich verlassen.

»Ich habe jemanden kennengelernt.«

»Was?«

»Ich habe jemanden kennengelernt.«

Ach so. Das erklärt alles: die rosa Wangen, die wilden Haare, die glänzenden Augen … Sie ist verliebt. Ich sitze stumm und ungläubig da. Darauf war ich nicht gefasst.

Dabei … Sie ist so charmant, so arglos, so kokett, eine wahre Turteltaube … Eigentlich musste es so kommen.

Ich stelle Fragen, als wäre ich ihre Mutter. Ist die Geschichte wenigstens etwas Ernstes? Wie lange kennt sie ihn denn schon? Wo lebt er? Was fängt er mit seiner Zeit an?

Sie stellt sich dem Spiel des Verhörs. Sie ist entzückt darüber, das sehe ich genau. Sie amüsiert sich über meine Fragen, antwortet aber bereitwillig darauf. Sie kennt ihn seit drei Monaten. Ich zucke mit den Schultern. Pfff, drei Monate, reicht das denn wirklich, um … Sie weicht aus, redet weiter. Sie haben sich bei Freunden kennengelernt. Er mag das Landleben, das Kino, Reisen. Sie war mit ihm verreist. Er ist geschieden, hat drei Kinder.

Ich zucke natürlich zusammen.

»Sie sind sehr nett.«

Aha. Soso. Sie kennt sie also. Sie sind wenigstens eingeweiht. Sie werden nicht behandelt wie das fünfte Rad am Wagen, sie werden auf dem Laufenden gehalten. Sie haben Glück, diese wunderbaren Kinder … Sie lässt sich von den Vorwürfen nicht beeindrucken, ist dafür unempfänglich. Sie perlen an ihr ab wie das Wasser des Tümpels an den blauen Federn einer Ente. Sie fährt fort: »Ich bin mir sicher, dass du dich gut mit ihnen verstehen würdest.«

Ich nehme den Konditional zur Kenntnis. Ich *würde* mich vielleicht mit ihnen verstehen … Wenn ich Gelegenheit hätte, sie zu sehen. Aber das ist nicht zwingend. Und ich habe nicht die Absicht. Wir sind ja nicht verheiratet, sie und ich …

Ich verschlucke mich.

»Wollt ihr heiraten?«

Sie lacht, sie lacht. Wann wird sie aufhören zu lachen? Wie alt muss sie noch werden, um endlich anzufangen, das Leben ernst zu nehmen?

»Heiraten? Hoppla, nicht so schnell! Nein, nein, nein, vorläufig wollen wir die Dinge lieber so lassen, wie sie sind.«

»Aber ... Habt ihr vor, zusammenzuziehen?«

»Ach ... Ich weiß es nicht. Weißt du, das Leben zu zweit ... Wir wollen lieber das Beste teilen und uns die Routine so weit wie möglich ersparen.« Sie lacht noch einmal und fügt hinzu: »Wenn es lange halten soll ...«

Sie steht auf. Wir umarmen uns. Sie muss jetzt los, sie hat Besorgungen zu machen, sie wird erwartet. Aber nächste Woche wird sie *ihn* mir vorstellen. Ich werde ihn mögen, das ist sicher, er ist so ... er ist so liebenswert. Sie ruft mich an, sie hält mich auf dem Laufenden. Einverstanden?

Ich blicke ihr nach, diesem bunten kleinen Kobold mit dem Strahlenkranz von weißem Haar.

Ich flüstere: »Bis bald, Mama.«

Das Brautpaar

Sie sind allein. Inmitten des Festes allein auf der Welt. Alle sind nur ihretwegen gekommen und haben ihnen Glück gewünscht. Glück und ein langes, schönes, süßes Leben, alles, was man sich nur wünschen kann.

Sie haben gelächelt, gedankt, Hände geschüttelt, Wangen geküsst, und manchmal landeten die Küsse in der Luft – Sie wissen schon, diese hingehaltenen Wangen, die trotz allem Distanz wahren und unerreichbar bleiben. Diese Küsse, die ein bisschen zu laut neben dem Ohrläppchen schmatzen. Oder diese Wangenknochen, die unerwartet zusammenprallen, überraschend, unangenehm und peinlich.

Hin und wieder schauten sie einander an, um sich wortlos der Wärme des anderen zu vergewissern: Du bist nur zehn Meter von mir entfernt, aber das ist schon zu weit! Diese nur füreinander bestimmten Blicke waren wie ein Geschenk – manchmal fing jemand einen davon auf und war plötzlich geblendet von diesem Lichtstrahl, der nicht ihm galt. Nur ganz kurz, aber lang genug, um sich an die Liebe erinnert zu fühlen, vor langer Zeit. Oder lang genug, um zu hoffen, dass das Glück auch ihm bald lachen würde, dass das Leben ihm die gleichen Gewissheiten, die gleiche Zärtlichkeit schenken würde.

Die Frischvermählten sind glänzende Kieselsteine, die von weit, weit oben in den See der Menge fallen. Sie verursachen kleine Wellen der Freude, die sich bis an den Ufersand ausbreiten.

Niemand bleibt gleichgültig. Die zwei bewegen die Herzen aller, sie wühlen sie auf.

Vorher hat die Trauung stattgefunden, die Älteren wurden von den Jüngeren die paar Stufen zum Hochzeitssaal hinaufgeführt.

Die einlullende Rede des Bürgermeisters. Lachen hier und da, das leise Weinen eines erwachenden Babys, Gemurmel.

Dann das Halbdunkel der Kirche, ihre willkommene Kühle nach der Gluthitze auf dem marmornen Vorplatz.

Die einlullende Predigt des Pfarrers.

Der Auszug aus der Kirche, der Reis, die Blumen, der Applaus, das überdrehte Kreischen der Kinder. Das Blau des Himmels, das blendende Weiß der Steine, das laute Zirpen der Sommerinsekten. Grüppchen, die sich herausbilden, sortiert nach Familien, nach Alter. Und nach Gewohnheit.

Dann das Essen, hübsch gedeckte Tische im Schatten der großen Bäume, weiße Tischtücher, Blumen und Zuckermandeln, Federn, verflochtene Bänder und Blätter auf den Tischen, nutzlos, aber schön wie vergängliche Kunstwerke.

Dieses Glück des Augenblicks, das man auskosten muss. Kaum da, schon wieder vergangen.

Das letzte Surren der Wespen am Abend. Schwüle Hitze der Hundstage, wedelnde Fächer. Klirrende Gläser, duftende Appetithäppchen.

Das Brautpaar, Königin und König des Festes. Ihr lärmender, ausgelassener Hofstaat.

Es wurde getrunken, gelacht, geredet, fotografiert. Es wurde gesungen, immer sehr laut, manchmal sehr falsch. Das Festmahl dauerte lange. Schließlich wurden die Ältesten nach Hause begleitet, die Babys in ihre Sitze gebettet, auf den Rückbänken der Autos mit den weit offenen Fenstern. Immer in Hörweite der wachsamen Mütter.

Dann konnte der Ball beginnen.

Die nicht tanzten, blieben auf ihrem Stuhl sitzen, verspeisten kleine Windbeutel und leerten die letzten Flaschen. Sie amüsierten sich über die Verrenkungen der anderen. Schaut sie euch an! Und der da! Wie machen sie das nur? Ich könnte das nicht mehr. Ich wüsste nicht wie!

Die Sitzenden redeten über alles und nichts, über wesentliche Dinge, das teure Leben, die Erdölpreise, wohin soll das noch alles führen? Die Kinder – und Ihr Sohn, wie alt ist er inzwischen? Schon dreißig? Mein Gott, kaum zu glauben, wie die Zeit vergeht!

Sie redeten über das Brautpaar – nein, im Ernst, wer hätte das gedacht? Tja, aber die Liebe, Sie wissen ja, die Liebe fällt, wohin sie will und wann sie will … Wie auch immer, eine wirklich schöne Geschichte! Eine komische Geschichte, ja! Ehrlich gesagt, ich kann es immer noch nicht fassen!

Die Brautleute haben mit dem einen oder anderen Walzer getanzt, mit einer Oma, einer Freundin, einem Verwandten.

Und jetzt tanzen sie zusammen, mitten auf der Tanzfläche.

Ab und zu beugt er den Kopf hinab, und im gleichen Augenblick schaut sie zu ihm auf. Sie lächeln einander an. Sie flüstern sich Geheimnisse ins Ohr, und alle schauen sie an.

Sie lieben sich. Das ist offensichtlich. Man kann es nicht übersehen. Von ihnen gehen Schwingungen aus.

Selbst die am wenigsten Gefühlsseligen wirken gerührt, von einer süßen Eifersucht erfüllt.

Verliebte Paare sind schön anzusehen.

Sie tanzen. Und nach und nach bilden sich in diesem Strom, in dieser Sturzflut von Zärtlichkeit weitere Paare. Ein samtener Tsunami, der langsam alles auflöst und neu zusammenfügt.

Hände suchen einander, Blicke treffen sich. Man sieht Augen, die feucht werden, Köpfe, die sich einer Schulter überlassen, umschlungene Taillen, vergessen oder verloren geglaubtes Verlangen, das wieder zum Leben erwacht.

Aber sie, die beiden, sehen nichts. Sie sind inmitten des Festes zusammen allein, Herz an Herz, umschlungen, verheiratet, verbunden. Nie haben sie so jung gewirkt wie in diesem Augenblick.

Sie sind wirklich sehr schön, das sagen alle.

Er mit seinen weißen Haaren.

Sie mit ihrem grauen Schopf.

Freie Vögel

Das sanfte Geräusch der Inlineskates streicht über den glatten, grauen Belag des Gehwegs. Die Fußgänger, die es hinter sich hören, treten unwillkürlich etwas zur Seite, drehen sich jedoch nicht um.

Es ist ein vertrautes Geräusch.

Die Gestalt zieht gleichgültig vorbei und entfernt sich schon wieder.

Viele von ihnen treffen sich hier ab sechs Uhr abends auf der Esplanade.

Sie gleiten mit konzentriertem Blick dahin, schlenkern rhythmisch mit den Armen, den Oberkörper leicht vorgebeugt. Manchmal richten sie sich auf und rollen im Freilauf weiter, aufrechte und stolze Könige auf dem Marmorschachbrett. Freie Vögel, die über einen See gleiten.

Sie sieht sie schon von weitem ankommen.

Sie wartet auf sie.

Sie wählt immer den gleichen Platz, neben dem alten Brunnen. Sie mag diesen Ort, im Schatten der Platane, die stehenbleiben durfte, weil sie sich gut in die Pläne eines jungen japanischen Stadtplaners einfügte.

Rings herum sind jetzt große Wasserflächen, die direkt aus dem Boden sickern, sich träge ausbreiten und dann in schmalen, kaum sichtbaren Rinnen verschwinden. Neue

Bänke in runden, schlichten Formen. Spielgeräte in bunten Farben für die Kinder.

Und dann die Skater-Rampen in einem fast weißen Grau, das in der Sommersonne blendet. Schöne, glatte, geschwungene Formen, die sich öffnen wie eine Muschel, bieten den nervösen Rollen der Skater ihren makellosen Bauch dar.

Vorher standen hier zwei Baumreihen mit ineinander verschlungenen Ästen, deren Blättergeflecht die Sonne dämpfte.

Sie mochte die alten Alleen gerne. Auch wenn der Kies nicht besonders angenehm war. Aber sie muss zugeben, dass der neu gestaltete Platz viel größer wirkt, er öffnet sich dem Licht und vermittelt ein eigenartiges Gefühl von Freiheit. Und seit die Rampen aufgestellt wurden, sind da die Skater – Skateboarder und Inlineskater –, die sich jeden Abend hier versammeln, wie wilde Tiere an der Wasserstelle.

Sie liebt sie.

Sie ist von ihnen fasziniert.

Sie nährt sich von ihrer Leichtigkeit, ihrer Unabhängigkeit, kann nicht genug davon bekommen. Sie ist auf ihre Tänze versessen. Sie ist unersättlich, ein kleiner harmloser Vampir, den es nach Träumen und Ausgelassenheit dürstet.

Sie stellen sich oben auf die Rampe, auf die Metallkante. Dort balancieren sie einen kurzen Moment, dann stürzen sie sich in die Hölle, die Leere, in den Vulkanschlund, rollen die gegenüberliegende Wand wieder hoch, um mit Donnergrollen beinahe senkrecht in die Luft zu schießen, ganz oben auf der anderen Seite. Es sieht aus, als würden sie davonfliegen. Manchmal bleiben sie in der Luft hängen, verharren einen Augenblick außerhalb der Zeit, drehen sich um ihre eigene Achse und gehen erneut zum Sturm auf die Rampe über.

Wenn sie stürzen, stehen sie sofort wieder auf, machen weiter, und sie spürt die Schmerzen an ihrer Stelle, schreit leise auf, kaut auf den Lippen herum. Sie sind durch nichts aufzuhalten, vor allem nicht durch die Angst.

Sie sind wahre Fürsten.

Sie müssen sich einer eisernen Disziplin und täglichem Training unterziehen, um den Eindruck zu erwecken, dass es kein Gewicht gibt, dass man die Gesetze der Schwerkraft überwinden kann.

Je einfacher es wirkt, desto schwieriger ist es in Wirklichkeit.

Rider, *Streeter* – so nennen sie sich. Es ist mehr als ein Name, es ist eine Lebenskunst.

Sie hat ihre Lieblinge.

Sie hat ihnen Spitznamen gegeben: Da ist der Hahn mit dem roten Irokesen, der herumstolziert und sich in die Brust wirft, der nach jedem Trick, jedem Akrobatenstück herumschaut, um zu sehen, ob er in den Rängen der Bewunderinnen neue Herzen gebrochen hat; Mephisto, der große Magere mit dem Bart, immer ganz in Schwarz, mit dem verschlossenen Gesicht und dem abweisenden Blick, der so empfindsam wirkt; die Kleine mit dem kahl rasierten Kopf und dem androgynen Körper, in zu großen Hosen und zu kurzen T-Shirts; der Dirigent, der nie die Kopfhörer von den Ohren nimmt und neben dem normalen Leben herzuleben scheint, den Takt schlägt und für sich selbst ein seltsames Ballett dirigiert, das Variationen folgt, die nur er selbst hört.

Und dann sind da noch die Engel.

Die beiden sind immer in der gleichen Farbe gekleidet. Ganz in Weiß oder ganz in Blau. Sie haben lange Haare, die sie mal im Nacken zusammenbinden, mal offen wehen lassen. Ihre Körper sind schmal und langgliedrig, zwei Schilfrohre im Wind.

Sie beobachtet sie nun schon so lange und weiß immer noch nicht, ob es ein Junge und ein Mädchen oder zwei Jungen sind. Oder zwei Mädchen. Vielleicht wissen die Engel es selber nicht. Da Engel kein Geschlecht haben, das Wort aber männlich ist, sagt sie »er«, wenn sie an einen von ihnen denkt.

Sie macht, was sie will, wenn sie denkt.

Die beiden Engel sind Skater wie die anderen, wie alle anderen. Die Stadt ist ihr Spielplatz. Aber sie haben eine ganz eigene Art, sich alles anzueignen, was sie ihnen bietet.

Nichts Aggressives, nichts Demonstratives. Kein Lärm, oder nur ganz wenig. Ein sanftes *rrrmm!*, wenn sie nach einem Flug auf dem Boden aufsetzen.

An der Wasserstelle des neuen Platzes gibt es die Brüllaffen, die flinken und schreckhaften Antilopen und die selbstbewussten Raubkatzen, herrisch und ruhig.

Die Engel mit ihren geschmeidigen Schritten, ihren großen, romantisch verträumten Augen, sind zwei langsame Giraffen.

Sobald sie sie sieht, erwacht ihr Herz zu neuem Leben.

Sie sind harmonisch, sie sind unzertrennlich wie die gleichnamigen Vögel, die kleinen Papageien, die einander auf Schritt und Tritt folgen, von einem Ende ihrer Sitzstange zur anderen.

Sie fahren Slalom zwischen den Pfosten, die die Mittelallee begrenzen, parallel nebeneinander her. Oder sie starten rückwärts, jeder von einem Ende des Platzes, und genau in dem Augenblick, in dem sich ihre Bahnen kreuzen, heben sie, ohne einander zu sehen, in einer Zwillingsbewegung die Hand und schlagen leicht in die des anderen ein. Es ist, als hätten sie alle ihre Bewegungen stundenlang einstudiert. Sie werden von den gleichen Strömungen getragen. Sie springen geschmeidig auf die Betonbänke, vollführen seltsame Figuren um den Brunnen herum und gleiten über die Wasserflächen, eine leichte Spur hinterlassend, die nur ungern wieder zu verlöschen scheint, wie der weiße Kondensstreifen eines Flugzeugs, der sich im Blau auflöst.

Manchmal kann sie nicht anders und klatscht Beifall.

Beim ersten Mal, als sie das hörten, drehten sie sich beide zusammen um.

Sie kam sich dumm vor.

Sie blieben eine Weile reglos stehen, den Blick auf sie gerichtet. Dann grüßten sie sie, auch da völlig synchron, mit einem Nicken, ohne ein Wort. Ohne ein Lächeln.

Sie legte eine Hand aufs Herz, die universelle Gebärde des Dankes, und nickte zurück. Hätten sie sie verstanden, wenn sie gesprochen hätte?

Hier trifft sich die ganze Welt. Sie braucht nur die Augen zu schließen und die Ohren zu öffnen, und schon ist sie auf

Reisen, ohne sich vom Fleck zu rühren. Portugal, Spanien, Maghreb, England, Japan, Niederlande … Kürzlich hat sie auch ein paar Sätze auf Serbisch gehört, das hat sie an Novi Sad erinnert, an ihre Kindheit und die blauen Wasser der Donau. Gestern hat ein Italiener sie nach der Uhrzeit gefragt. Und einmal hat sie den Hund eines deutschen Paares gehütet, das einen Banktermin hatte.

Und die Skater, die bis in den Himmel rollen und davonfliegen, mit ihren verrückten Figuren, die sie Tricks nennen, die haben auch ihre eigenen Wörter, die Sprache ihres Ritus, die sie sich allmählich merkt, ohne sie zu verstehen. Topside, Fakie, Fulltorque und Acid Soul …

Welche Sprache sprechen die Engel?

Sie geht immer erst nach ihnen.

Wenn sie weg sind, fällt der Vorhang, ist die Vorstellung vorbei, Zeit, nach Hause zu gehen. Sobald sie die Esplanade verlässt, ist der Zauber zu Ende, die Wirklichkeit bekommt ihr ganzes Gewicht zurück, ihre Schwere, ihre Eindeutigkeit.

Treppen, Gehwege, Menschenströme.

Sie möchte so gerne tun können, was sie tun.

Sich ganz oben auf die Rampe stellen und auf den Grund der Hölle zustürzen, Tempo aufnehmen und dann wie ein umgekehrter Blitz in den Himmel rasen.

Sie möchte dahinschießen wie ein Pfeil, ohne einen Laut, nur das Pfeifen des Windes in ihren Ohren. Immer geradeaus gleiten und von Zeit zu Zeit eine lange, verrückte Arabeske zeichnen. In unsichtbaren Lettern ihren Namen auf den glatten, kalten Marmorboden schreiben.

Ihren Vornamen: *Aniela*.

Das bedeutet Engel.

An diesem Abend hören sie nicht auf zu tanzen und ihrer Künstlerseele freien Lauf zu lassen.

Die Sonne geht noch lange nicht unter, die Junitage sind endlos. Aber die Zeit läuft, es wird spät. Sie muss los, der Heimweg zieht sich. Sie will ankommen, bevor es dunkel wird. Sie nimmt ihre Tasche, prüft sorgfältig nach, ob sie auch nichts vergessen hat. Sie zieht ihre Handschuhe an und macht sich auf den Weg, sie muss quer über die Esplanade und dann am Theater vorbei. Sie wird die Straße gegenüber nehmen, so ist der Weg zwar doppelt so weit, natürlich, aber all die Treppen sonst, ganz zu schweigen von dem steilen Anstieg, bis sie endlich den Boulevard erreicht hat …

Die Engel sind am anderen Ende des Platzes, sie gleiten in ihre Richtung. Sie kommen näher, immer näher … Von so nahem hat sie sie noch nie gesehen. Sie sind schön, sie sind wundervoll.

Es trifft sie mitten ins Herz, sie ist so verzaubert, dass sie plötzlich stehen bleibt, und ihre Tasche rutscht zu Boden, ohne dass sie daran denkt, sie festzuhalten.

Sie haben sie erreicht, fahren an ihr vorbei, ohne sie auch nur eines Blickes zu würdigen.

Sie versucht, ihre Tasche aufzuheben, die Erde ist weit weg, tief unten.

Plötzlich das leise Geräusch der Inlineskates hinter ihr: Sie kommen zurück.

Sie erschauert.

Dann das Wunder. Eine Hand legt ihr die Tasche auf den Schoß. Sie spürt einen Stoß, ganz leicht, und schon fliegt der Boden unter ihr dahin, immer eiliger, ein riesiger Marmorstrand, über den sie zu rennen meint. Sie vollführt einen langen Slalom zwischen den glitzernden Wasserflächen, ein paar enge Kurven, sie nimmt Tempo auf, sie hat keine Angst, ganz im Gegenteil. Sie spürt, wie ihr im Rücken Flügel wachsen. So ist es also, ein Vogel zu werden? Noch nie hat sie sich so lebendig, so leicht gefühlt!

Sie ist eine Königin, eine Sternschnuppe, die Passanten sehen ihr nach und die Skater bleiben stehen, sie weichen ihr aus. Man grüßt sie. Man lächelt ihr zu, ganz spontan, ohne jeden Spott.

Sie lacht, und in ihrem Rücken meint sie, ein – nein, *zwei* Echos zu hören.

Alle drehen sich nach ihr um.

Man will ihr mit den Augen folgen, der winzigen Gestalt, verkrümmt wie eine alte Weinrebe, mit ihren von den Rädern abgenutzten Handschuhen, ihrer kleinen schwarzen Tasche auf dem Schoß, wie sie über den Platz gefahren wird von zwei Jugendlichen, die den alten Rollstuhl vor sich herschieben wie einen Kinderwagen.

Man wird nicht alle Tage hundert ...

*L*etzten Monat haben wir den hundertsten Geburtstag von
Madame Vivieux gefeiert.
Für ein Altenheim ist es gut, einen Hundertjährigen zu
haben.
Ein Hundertjähriger gibt der Warteliste immer einen klei-
nen Schub. Kaum sind die Kerzen ausgeblasen, trudeln drei
oder vier neue Anmeldungen ein. In den Lokalblättern, *La
Petite Gazette* und *L'Echo du pays*, erscheinen Artikel.
In der Regionalzeitung ebenfalls.
Wie Madame Prunier vom Empfang sagt: Hundertjährige
verkaufen sich gut.

Jedes Mal, wenn wir einen hundertsten Geburtstag haben
oder einen noch höheren (aber das passiert nicht so oft),
kommt der Bürgermeister zu Besuch. Er hält eine ergrei-
fende Rede und singt: »*Man wird nicht alle Tage hundert!*«
Alle lachen.
Dann beglückwünscht er Monsieur Prades-Jobert, den
Heimleiter, zu seiner hervorragenden Betreuung, der mus-
tergültigen Qualität seiner Einrichtung und der mensch-
lichen Wärme, der grenzenlosen Einsatzbereitschaft aller
Mitarbeiter, dank der die glücklichen Bewohner hoffen dürfen, dieses schöne Alter zu erreichen, das ...
Der Bürgermeister ist ein gutaussehender Mann, immer
geschniegelt und gebügelt. Und nicht mal eingebildet.

Er gibt allen Angestellten die Hand, hat für jeden ein freundliches Wort übrig.

Bravo. Sehr gut. Danke. Wir verdanken Ihnen sehr viel. Was für einen schönen Beruf Sie haben.

Und er hat Humor.

An dem Tag, als er wegen Madame Vivieux gekommen ist, hat er zum Beispiel gesagt: »Quand on s'appelle Vivieux … On vit vieux! – Wenn man Lebelang heißt … lebt man lang!«

Alle haben gelacht.

Da das Tagesgeschehen nicht viel hergab, war auch das Regionalfernsehen da, um uns in den Zwanzig-Uhr-Nachrichten zu bringen. Das Fernsehteam kam früh an, mit einem Laster und einem Auto.

Sie verlegten überall Kabel, bauten Scheinwerfer, Mikrophone, zwei Kameras und noch lauter andere Sachen auf, von denen wir keine Ahnung hatten, wozu sie wohl gut waren.

Wir wurden gebeten, die Bewohner bis fünfzehn Uhr in ihren Zimmern zu lassen, damit sie nicht über die Stromkabel stolperten.

Die Reporterin nahm den Herrn Bürgermeister kurz beiseite, um den Beitrag zu besprechen. Er sagte ihr, er habe um sechzehn Uhr eine Beerdigung, es dürfe sich also nicht zu lang hinziehen. Die Reporterin antwortete, das treffe sich gut, weil sie um sechzehn Uhr dreißig einen Livebeitrag über die Demo der Landwirte zu machen habe und deshalb auch fortmüsse.

Dann trommelte sie uns alle im Speisesaal zusammen, den wir für den Anlass dekoriert hatten, und erklärte, dass sie sich ganz im Hintergrund halten werde, damit das Fest seinen geselligen, spontanen Charakter behielte, und wir sollten so tun, als wäre das Fernsehteam gar nicht da.

Dann holten wir die Bewohner, und sie winkten alle in die Kameras.

Dann konnte die Feier endlich anfangen.

Madame Vivieux war die Königin des Festes, ganz in Beige und Weiß gekleidet, herausgeputzt und geschminkt. Man hatte die Friseurin und die Kosmetikerin bestellt, um ihren Wangen und Haaren etwas Farbe zu verleihen. Eine schöne, leicht bläuliche Tönung, die ihre Löckchen zur Geltung brachte.

Die Reporterin gab dem Bürgermeister und dem Heimleiter ein Zeichen. Sie stiegen auf das Podium, wo schon Madame Vivieux geparkt war.

Der Bürgermeister klopfte aufs Mikrophon.

Alle wurden still.

Der Bürgermeister redete von der Brüderlichkeit *aller* gegenüber alten Menschen – von denen man nicht vergessen darf, dass sie auch noch Wähler sind – und von der Gleichheit *aller* vor dem Alter, Hauptsache gesund, und von der Freiheit *eines jeden*, weit weg von den Seinen zu sterben, im Altersheim.

Der Mann hat eine schöne Stimme.

Man könnte ihm stundenlang zuhören.

Dann erklärte er uns die Pläne zur Verbesserung der Infrastruktur unserer Gemeinde, die er nach den Wahlen durchführen wolle: das Gewerbegebiet, der Volleyballclub, die Krippe und das neue Stadion, wo unsere Ältesten selbstredend willkommen sein würden!

Und er fügte augenzwinkernd hinzu: »Im Stadion natürlich, nicht in der Krippe!«

Es wurde gelacht.

Madame Vivieux hörte brav zu.

Irgendwann wurde sie zur Toilette geschoben, zur Unfallvermeidung. Die Kameras wurden angehalten, wir warteten, bis sie wieder da war, was ein bisschen dauerte, weil sie umgezogen werden musste. Die Reporterin schaute auf die Uhr, der Bürgermeister auch.

Dann wurde Antonine Vivieux zurückgebracht.

Der Kameramann sagte: »Mist! Sie hat etwas anderes an, das macht uns den Anschluss kaputt! Man muss ihr das andere Kleid wieder anziehen.«

»Ja, aber das ist nass«, sagte die Pflegerin.

»Wo ist es nass?«, fragte der Kameramann stirnrunzelnd.

»Na ja … hinten! Am Hintern eben!«

»Ach so, am Hintern, das macht doch nichts! Kein Problem, wenn es nur am Hintern ist: Da wird man nichts sehen.«

»Bist du sicher, Gérard?«, fragte die Reporterin.

»*No problem*, sag ich dir. Zur Not filme ich sie in Großaufnahme.«

»Aber nicht zu sehr«, wandte der Bürgermeister ein. »Man sollte schon noch alle Anwesenden sehen. Zumindest die, die auf dem Podium sind.«

Also bekam Antonine ihr nasses Kleid wieder angezogen.

Dann wandte sich der Bürgermeister direkt an sie: »Liebe, liebe Antonine Vivieux.«

Er setzte sich neben sie, auf die gute Seite, nicht da, wo die Infusion war, und nahm die alte, runzelige Hand von Madame Vivieux fest in die seine. Er redete von dem un-

den Krieg sei. Und das seit jeher. Gegen den Krieg und für die moralischen Werte.

Alle klatschten Beifall.

Dann wurde Sekt in Plastikbechern an die Bewohner verteilt und große Servietten, die sie um den Hals gebunden bekamen.

Madame Vivieux verschluckte sich, aber man klopfte ihr sofort auf den Rücken, und dann ging es wieder.

Schließlich wurde der schöne Geburtstagskuchen hereingetragen. Eine mehrstöckige Torte wie für eine Hochzeit, aber mit hundert Kerzen. Ganz oben prangte statt der Braut ein großes Medaillon mit einem alten Foto von Madame Vivieux, in Schwarz-Weiß auf weiße Schokolade gedruckt, und darunter hatte der Bäcker geschrieben: *17. August 1907 – ?*

Der Bürgermeister sagte: »Oh, das ist ja ein Kunstwerk!« und schaute dabei auf die Uhr.

Madame Vivieux wurde an die Torte herangerollt.

Der Bürgermeister sagte: »Pusten Sie, pusten Sie, Antonine. Sie gestatten doch, dass ich Sie Antonine nenne?« Und er fügte hinzu: »Ich helfe Ihnen!«

Sie schüttelte den Kopf und sagte: »Nei-hein dankhhe!«

Er machte einfach weiter, da zog sie ihm mit ihrer Serviette eins über. Sie ist ein Spaßvogel.

Also parkte man sie etwas weiter weg, nur so lange, dass der Bürgermeister die Kerzen in Ruhe ausblasen konnte.

Danach wollte die Reporterin von der Lokalzeitung ein letztes Foto mit allen zusammen machen, aber das war kompliziert, wegen der Rollstühle. Schließlich kamen nur die aufs Foto, die noch auf eigenen Füßen stehen konnten, die brauchten weniger Platz.

Das Fernsehteam unterbrach den Dreh, um eine zu rauchen.

In der Zeit konnte Madame Vivieux wieder zwischen dem Bürgermeister und Monsieur Prades-Jobert platziert werden. Man sagte zu ihr: »Bitte lächeln, Antonine!«

Sie ließ die Zunge seitlich etwas heraushängen. Das macht sie so, wenn sie froh ist.

Der Bürgermeister gab dem Heimleiter ein kleines Zeichen, und der sagte: »Nun, ähem, ähem, das war wirklich ein schönes Fest …! Ähem, ähem, und jetzt, angesichts der fortgeschrittenen Stunde, könnten wir vielleicht …«

Und da schrie einer der Bewohner: »Ein Lied!«

Die Reporterin meinte, ja, das sei eine gute Idee, ein Lied! Und auch ein guter Abschluss für die Reportage. Sie lächelte den Bürgermeister strahlend an, die Kameras wurden wieder angeworfen, und sie sagte zu uns: »Wenn ich mit der Hand winke, dann rufen Sie alle zusammen ›ein Lied!‹, einverstanden? Ja? Also *go*, es geht los!«

Und alle riefen: »Ein Lied! Ein Lied!«

Der Bürgermeister sagte: »Was für eine gute Idee!«

Er meinte, Madame Vivieux kenne doch bestimmt das gesamte Repertoire des schönen französischen Liedguts auswendig. Menschen so hohen Alters seien lebende Nationalschätze, wie man in Japan sage, und im Übrigen habe er vor, einen Gesetzesentwurf voranzutreiben, wenn er wiedergewählt werde, um über hundert Jahre alten Menschen diesen Rang eines lebenden Schatzes zu verleihen – was für ein schöner Begriff, so wahr, so poetisch! –, darunter natürlich Madame Vivieux, fügte er hinzu, dieses einzige und schönste Exemplar der Gemeinde. Und die beste Repräsentantin der wahren moralischen Werte.

Dann zog er seine Hose an der Bügelfalte hoch und ging in die Hocke, um Antonine Vivieux in die Augen zu schauen, und sagte sehr freundlich zu ihr: »Liebe Antonine, ich muss jetzt leider gehen! Andere Verpflichtungen rufen mich, aber ich weiß jetzt schon, dass ich dabei bei weitem nicht das gleiche Glück empfinden werde wie das, das mir die Zeit in Ihrer Gegenwart geschenkt hat. Würden Sie mir deshalb, liebe Antonine, eine letzte kleine Freude machen?«

»Pffchhh …«, machte Antonine.

Nachdem er seinem Fahrer ein Zeichen gegeben hatte, damit er schon mal das Auto holte, fuhr der Bürgermeister fort: »Nun, während ich mich von Ihnen und Ihren Freunden verabschiede – zu meinem größten Bedauern, das können Sie mir glauben –, würden Sie mir da, würden Sie *uns allen* die Freude machen, eins der Lieder zu singen, die Sie damals mit Ihren Mädchen sangen, als Sie alle zusammen in Ihrem großen Haus in Paris lebten?«

Antonine Vivieux bekam einen abwesenden Blick und reiste weit in die Vergangenheit zurück, bevor sie mit einer zarten Stimme, die kaum zitterte, eine bekannte Melodie anstimmte.

»Ach, Antonine, ich bin hingerissen! Das versetzt mich direkt in meine Kindheit zurück! Dieses Lied sang mir meine liebe Mama auch jeden Tag vor …«, rief der Bürgermeister und zog sich seinen Mantel an.

Und während er sich rückwärts entfernte, von den Kameras verfolgt, stimmte er aus voller Kehle, mit lauten Lalalas, in die hübsche, muntere alte Melodie mit ein. Im Bewusstsein, dass ihm solch eine schöne Reportage ein paar Tage vor den Wahlen nur Zustimmung seitens seiner Wähler und bitteren Neid seitens seiner Gegner einbringen konnte, fuchtelte der Bürgermeister mit den Armen herum wie ein Dirigent, während das gesamte Publikum in die mitreißende Melodie einfiel, nach deren Text sie alle zusammen vergeblich suchten.

Schließlich grüßte der Bürgermeister mit großer Geste in die Runde und ging unter Beifall hinaus.

Der Kameramann schaltete ab und sagte: »Okay, ist im Kasten!«

Die Reporterin sah, wie spät es war, und sagte: »Oh, Mist! Keine Zeit, das Material in den Schnitt zu schicken. Sonst kommen wir für die Liveübertragung der Demo zu spät, die Bereitschaftspolizei kommt um sechzehn Uhr dreißig. Egal, dann bringen wir eben nur das Lied am Schluss.«

Als er ins Auto stieg, pfiff der Bürgermeister weiter vor sich hin.

Als er zur Einäscherung von Charles Maubieux, von der Gießerei Maubieux, auf dem Friedhof ankam, pfiff er immer noch.

Erst abends um acht, als er sich in Gesellschaft seiner Eltern, seiner Schwiegermutter, seiner Gattin und seiner zwei großen Kinder die Reportage ansah – gleichzeitig mit allen Wählern seines Wahlkreises in ihren jeweiligen Wohnungen –, fiel ihm endlich der Text wieder ein, der zu der Melodie gehörte: »Hebt eure weißen Röcke, ihr Schönen, dass man euren Hintern sieht, dass man euren Podex sieht« – *Trois orfèvres à la Saint-Éloi* hieß das höchst anzügliche Lied, das Madame Antonine und ihre *Mädchen* in den glücklichen Zeiten gesungen hatten, da sie im Herzen von Paris ihr ganz spezielles Haus führte …

Die Klammer

*D*ie Tage vergehen immer zu schnell, wenn sie zusammen sind.

Er wünschte, die Zeit würde gefrieren, die Digitalzahlen auf dem Wecker würden stehen bleiben. Von den Momenten, die sie bei ihm ist, sollte nichts im großen Rechnungsbuch verzeichnet werden.

Er wünschte, es würde für immer so bleiben.

Sie wird ihn verlassen, wieder gehen. Sie wird ihn allein lassen, in dieser Wohnung, in der ihn nichts hält außer den Momenten, in denen sie da ist, diesen Lichtintervallen in der trüben Abfolge der Tage.

Ihnen bleibt nur noch eine knappe Dreiviertelstunde.

Ist die Tasche gepackt? Wird er, wenn sie wieder weg ist, nicht ein paar verstreute Spuren ihrer Anwesenheit finden? Ein vergessenes T-Shirt im Bad. Ein Rock. Ein Stoffhaarband, in dem ein paar dunkle, etwas krause, nach Apfel duftende Haare hängen.

Er fürchtet sich davor, auf ihre Spuren zu stoßen, und freut sich doch so sehr darüber. Alles, was ihr gehört, was ihren Duft trägt, schnürt ihm das Herz zusammen. Er liebt sie so sehr.

Lieben genügt nicht, um die Fülle auszudrücken, um die Leere zu ermessen. Er bräuchte ein neues Verb, das zu ihren Augen, ihrem Lachen passen würde. Ein anrührendes Verb, so anrührend, wie sie es beim Aufwachen ist.

Ein Verb wie warme Milch.

An diesem Montagmorgen sitzt sie mit verschlafenen Augen beim Frühstück. Sie sagt nichts.

Er streichelt ihre Haare. Sie seufzt etwas genervt, zuckt leicht mit den Schultern, deutet eine Bewegung an, um sich zu entziehen, um die Hand abzuwehren, die sie berührt. Es ist noch zu früh, er weiß schon.

Es gibt Zeiten, sie zu lieben, und andere, sie in Ruhe zu lassen. Sie ist ein Morgenmuffel. Sie wacht schmollend auf, sie braucht Zeit, um aufzuklaren, aber das ist unwichtig. Er liebt sie auch mit bedecktem Himmel.

Man muss ihr Schweigen respektieren.

Manchmal schnattert sie und hört gar nicht mehr auf. Er lacht über ihre pausenlosen absurden Fragen und über den Ernst ihrer schwarzen Augen. Über ihr stures, begieriges Warten auf Antworten, die er manchmal erfinden muss, um sie nur nicht zu enttäuschen.

Andere Male schweigt sie und versinkt in tiefem, überraschendem Ernst.

Er will sie nicht mehr teilen.

Er will sie für sich allein haben, die anderen sind ihm egal. Er weiß seit jeher, dass sie ihn verlassen wird. Aber eine Weile noch will er sie für sich haben. Sie werden sich natürlich eines Tages trennen, das ist klar. Sie wird das Weite suchen. Der Tag wird kommen, an dem nur noch ab und zu eine Mail oder ein Anruf kommt. Der Tag wird kommen, an dem ihr Lachen nicht mehr ihm gilt. Aber jetzt noch nicht. Er erträgt die dämlichen Zugfahrpläne nicht mehr, all die gestohlene Zeit zwischen einem Ort und dem anderen, in der sie allein ist und er auch, warum? Wegen nichts.

Er erträgt die zu schnellen Abschiede nicht mehr, sie wird schon von anderen Armen erwartet, ist schon weit weg.

Sie fehlt ihm schon jetzt.

Sie ist empfindsam.

Sie wechselt von Lachen zu Tränen, sie ist voller Stürme, Windstöße und Flauten.

Sie ist einzigartig.

Nichts und niemand wird je an ihre Stelle treten können. Er hat geliebt, er wird wieder lieben. Aber diese unerschöpfliche Geduld, diese besonderen, dummen und zärtlichen Liebesworte werden immer nur ihr vorbehalten sein.

Er entdeckt sie jedes Mal neu. Sie wühlt ihn auf.

Sobald er sie an den Freitagabenden, an denen das Wunder geschieht, in der Menge entdeckt, öffnet er seine Arme weit, und sie rennt los, um sich hineinzustürzen wie in einen Abgrund, mit geschlossenen Augen, voller Vertrauen.

Er fängt sie im Flug auf, mein Schatz, meine Prinzessin, Liebe meines Lebens.

Sie lacht dabei immer laut.

Dann hebt er sie hoch, wirbelt sie herum, sie ist so leicht. Leicht, ja, wie eine Feder. Er gibt ihr kleine Küsschen auf die geschlossenen Lider, die Nasenspitze, die rosa Lippen. Er vergräbt seine Nase in ihrer warmen Halsbeuge, beschnuppert sie, atmet sie ein. Das allzu heftige Glück überwältigt ihn, es strömt über und tut ein bisschen weh, wie eine Sonne, die wärmt und brennt.

Ohne sie herrscht Nacht. Zu viel von ihr ist … Er weiß es nicht, er ist unersättlich.

Ihn verlangt immer nach ihr.

Die Klammer ist viel zu kurz, immer zu schnell wieder geschlossen.

Die Minuten vergehen nicht mehr nur, sie stürmen vorüber und drängen einander, Flucht nach vorn, wilder Ausbruch, Aderlass all der verlorenen Sekunden, in denen er daran denkt, dass die Zeit läuft.

Er liebt sie. Das braucht Zeit, und es braucht Raum.

Wenn sie da ist, schubst sie ihn herum, sie verlangt, fordert. Sie will so viel.

Sie tollt herum wie ein Kätzchen und hat Krallen an den Pfoten.

Wenn sie wütend wird, kratzt sie ihn. Sie sagt dann, sie liebe ihn nicht mehr, sie wolle wieder nach Hause. Diese Worte brechen ihm die Flügel. *Nach Hause*. Auch wenn sie es nicht so meint.

Und auch wenn er ihr nicht glauben will, hat er doch immer Angst, weniger geliebt zu werden.

Und wenn es morgen so weit wäre …?

Sie weint, sie strahlt. Sie verlangt Zärtlichkeiten, Überraschungen, das Leben in Geschenkpapier.

Sie wirft seine Überzeugungen über den Haufen, bringt sein geregeltes Leben durcheinander, lässt ihn alles vergessen.

Sie erschöpft ihn.

Sie erweckt ihn zu neuem Leben.

Sie hat fertig gefrühstückt, sie stellt ihre Schale ins Spülbecken und geht sich schnell die Zähne putzen, sie darf den Zug nicht verpassen. Das darf sie nicht, jemand wartet auf sie.

Die andere Person, die sie auch liebt, die ihn ersetzen wird, die sich um sie kümmern wird, vielleicht besser als er.

Er will sie nicht mehr teilen.

Er will die leere Wohnung nicht mehr, auch nicht das einzelne Gedeck auf dem Tisch. Diese sinnlosen Tage, an denen sie anderswo lebt und weit weg von ihm lacht.

Das Leben ohne sie ist ein Exil.

Aber sie ist bereit. Sie wartet auf ihn.

Er nimmt ihre Tasche, die immer zu voll, immer zu schwer ist. Sie springt die Treppe hinunter wie ein Zicklein. Er folgt ihr, betrachtet noch einmal gerührt die Löckchen, die unter der schief sitzenden Mütze hervorschauen, das Etikett, das aus dem Pulloverkragen ragt, all diese Kleinigkeiten, die von ihr erzählen.

Sie gehen am Park entlang, in dem sie am Samstag nach dem Kino waren.

Im Wasserbecken schwammen frisch geschlüpfte Entlein. Kleine blasse Flaumbällchen mit noch kaum geformten Federn. Sie war begeistert. Sie liebt Tiere. Sie blieben lange da stehen und schauten zu, wie sie sich im Kielwasser ihrer Mutter abstrampelten, eine ungeordnete kleine Flotte. Wie sie herumschwammen und dann zwischen den Grasbüscheln am Ufer entlangwatschelten.

Danach waren sie in einer Crêperie essen. Sie ist ein Leckermaul, wie er.

Heute Abend wird er all die Glücksmomente zusammen-zählen, er wird den Film vor sich abspulen, den ganzen Film, seit sie da ist, in seinem Leben, seit sie da ist, ohne da zu sein.

Schon acht Jahre.

Wie kann man derart getrennt leben, wenn die Liebe so groß ist und man sich so vieles sagen will? Wie kann man so die Jahre verfließen lassen, die Zeit vergeuden, die Stunden verpulvern?

Einander fehlen – was gibt es Schlimmeres?

Es ist so weit, jetzt müssen sie sich verabschieden.

»Rufst du mich an?«

Ja, versprochen, das wird sie machen.

Wird er ihr die Fotos von diesem Wochenende per Mail schicken?

Natürlich.

Sobald er wieder zu Hause ist, wird er sie auf seinen Com-puter hochladen, wie immer, mit Datum.

»In vierzehn Tagen sehen wir uns wieder, nicht?«

Sie weiß es noch nicht.

Alles hängt von der anderen Person ab. Die sie auch liebt, genauso sehr.

Es ist, wie es ist.

Sie weiß wohl, dass er traurig ist, dass er so tut, als würde er lachen, dass er den Clown spielt, um die Tränen zurück-zuhalten. Sie weiß es. Sie tut auch so, als ob.

Sie lacht schallend, auch wenn er nicht komisch ist.

Der Zug steht schon da, er begleitet sie, steigt mit ihr ein, um die Tasche zu verstauen, die für ihre Schultern zu schwer ist, er drückt sie noch einmal ganz fest, küsst sie und lächelt sie an.

Dann steigt er aus und sucht sie sofort. Wo ist ihr Sitzplatz?

Sie drückt die Nase ans Fenster, schneidet eine Grimasse, haucht auf die Scheibe und zeichnet ein Herzchen darauf.

Eine einschmeichelnde Frauenstimme sagt, der Zug fahre gleich ab. Achtung, Türen schließen.

Sie sagt auch, dass er da auf dem Bahnsteig sicher noch an zu vielen unterdrückten Tränen sterben werde. Er müsse sich doch einmal daran gewöhnen! Es sei nicht das Ende der Welt, ein Zug, der abfährt und ganz langsam etwas von ihm losreißt, was entsetzlich wehtut, eine plattgedrückte kleine Nase auf einer beschlagenen Scheibe, große schwarze Augen, die ihn verschlingen, lange Gazellenwimpern, die etwas zu schnell flattern, rosa Lippen, die einen Kuss formen.

Und er sei nicht der einzige geschiedene Vater auf der Welt.

Es wird nie dunkel in der Stadt

Mein Gott, Sie Arme, das wird eine Umstellung für Sie werden, wenn ich bloß daran denke …!«

»Kopf hoch! Wir werden Sie nicht vergessen, wir hören voneinander …«

Liliane wird ihre Stimmen noch lange im Ohr behalten.

Sie wird ihre rötlichen Gesichter vor sich sehen, die schwieligen Hände, die wadenlangen geblümten Kleider, die Gummistiefel, die gestrickten Umschlagtücher aus rosa oder grauer Wolle.

Sie wird sich an das Gegacker der Hühner im Hühnerstall erinnern, an den Hahn, der sich heiser schreit und wichtig macht. An das Prasseln des Regens auf dem Glasdach.

Sie wird in ihren Mußestunden die braunen Fliesen der Küche vor sich sehen, das Fenster über der Spüle, die gehäkelten Vorhänge und die gesprungene Scheibe.

Den tiefhängenden Himmel. Immer trüb und schwer.

Lucette mit einem Fliederstrauß aus dem Garten.

»Damit Sie etwas von hier bei uns mitnehmen …«

Paule, die ihr wortlos eine kleine Rolle Ziegenkäse hinhielt, in Ölpapier eingewickelt, und zwei große Gläser selbstgemachte Preiselbeermarmelade.

Josépha und ihre feuchten Augen, ihr Lachen, das zwischen zwei Schüben von Rührung hervorbrach.

Und die Stimme von Pascal, ihrem Sohn.

Diese tiefe, raue, immer etwas hastige Raucherstimme, die sie an die ihres Mannes erinnert, der vor bald zehn Jahren an einer bösen Grippe gestorben ist.

»Wir müssen los, Mama ...«

Pascal, der die Koffer und Taschen vor die Tür trug und im Kofferraum des Autos verstaute, das im Hof vor dem Bauernhaus stand, und dann im strömenden Regen zurückgerannt kam.

Pascal, der mit seinen starken Armen den Topf mit der Hortensie von der Vortreppe hob und seufzte.

»Willst du die wirklich mitnehmen? Bist du sicher?«

Ja, da war sie sicher.

Sie hatte ihre blasslila Bluse und ihr gutes dunkelblaues Kostüm angezogen. Es musste seine Form verloren haben, sie ertrank geradezu darin. Oder aber sie war eingegangen. Ihre Freundinnen hatten sie trotzdem bewundert.

»Wie schön Sie sind, Liliane!«

»Und mit diesem Tuch, sehr schick! Ihr Sohn kann wirklich stolz auf Sie sein!«

»In der Stadt werden sich alle nach Ihnen umdrehen!«

Glockenhelles Gelächter. Verständnisinnige Blicke, Schalk in den Augenfältchen.

Es war noch sehr früh, es war kalt, wahrscheinlich würde es im Laufe des Tages etwas milder werden.

Als der Moment des Abschieds gekommen war, zogen plötzlich drohende Wolken über den Himmel, bereit, vor Wut zu platzen und sich in Strömen über die Felder zu ergießen. Aber das war nichts Neues: Seit mindestens zehn Tagen regnete es fast ununterbrochen.

Und dieser Wind! Mein Gott, dieser verfluchte Wind!

Da, wo sie hinfuhren, war das Wetter schön, sagte Pascal. Weniger kalt und weniger feucht.

Ihr Sohn ließ sie hinten ins Auto steigen (wenn sie vorne sitzt, hat sie Angst). Er half ihr beim Anschnallen und sagte sanft, aber entschlossen: »So, Mama, genug getrödelt, jetzt fahren wir. Wir haben sechs Stunden Fahrt vor uns. Mindestens.«

Dann drehte er sich lächelnd zu den Nachbarinnen um und verabschiedete sich von jeder von ihnen einzeln.

»Lucette … Josépha … Madame Gautier …«

Pascal sprach Paule immer mit Nachnamen an. Warum, das wusste niemand.

»Gegen Ostern komme ich wieder und schaue nach dem Haus. Und um die Hühner kümmern Sie sich, Josépha, nicht?«

»Oh, ich werde sie gut versorgen, keine Angst! Ich werde sie verwöhnen wie meine eigenen!«

»Jetzt sind sie ja auch Ihre!«

Ein paar belanglose Worte, damit das Band nicht ganz abreißt.

»Ach, und wo ich gerade daran denke: Ich habe gesehen, dass auf der Scheune vier Ziegel ausgetauscht werden müssten. Nichts Schlimmes, aber ich werde Pécot bitten, das zu erledigen, also wundern Sie sich nicht, wenn Sie einen seiner Handwerker auf dem Dach sehen!«

»Alles klar!«

»Gut, dann also auf Wiedersehen …«

Josépha hat Mühe, nicht laut aufzuschluchzen.

»Dann ist es also so weit, Liliane? Sie verlassen uns wirklich?«

Sie steckte halb im Auto, drückte Liliane an ihren riesigen

Busen, tätschelte nervös auf ihrem Rücken herum, knetete ihren Arm wie Brotteig und sagte immer wieder: »Es wird schon gehen, es wird schon gehen! Sie werden sehen, Sie werden es dort gut haben ...«

Ihr ganzer Körper schrie das Gegenteil.

Liliane sagte nichts.

Lucette und Paule standen reglos nebeneinander und trösteten sich durch die Berührung ihrer Schultern, jede etwas schief gegen die andere gelehnt. Sie rieben sich die Hände, verschränkten sie im Rücken, versteckten sie in den Taschen. Sie traten auf der Stelle. Zwei alte Elefantenkühe, die mit ihren breiten Fußsohlen schweigend ihren Kummer in den Staub traten.

»Wir werden Ihnen schreiben!«

»Wir werden Sie sogar anrufen!«

»Ja! Ja! Und bei Gelegenheit kommen wir Sie auch mal besuchen, stimmt's, Paule?«

»Ja, natürlich, bei Gelegenheit ...«

Liliane kurbelte das Fenster herunter. Sie zeigte ihnen ein heiteres Gesicht. Sie bewahrte das Schweigen, die Ruhe, die sie seit ein paar Wochen zur Schau trug. Seit ihr Sohn eines Abends gekommen war und ihr seine Pläne mitgeteilt hatte.

»Du kannst nicht mehr alleine hier bleiben, Mama.«

»Aber ich bin doch nicht allein! Josépha ist da, und Lucette. Und Paule!«

»Mama, Lucette ist vierundachtzig ...«

»Zweiundachtzig!«

»Entschuldige, dann eben zweiundachtzig! Josépha ist fast genauso alt, und Paule ist auch nicht viel jünger. Und sonst wohnt hier niemand mehr. Das ist langsam die reinste

Einöde. Das Haus zerfällt, du wirst nicht jünger, und nach deinem Oberschenkelhalsbruch im letzten Winter ... Was, wenn dir etwas passiert?«

Es stimmt schon, dass das Dorf in den letzten dreißig Jahren bis auf einen kleinen Rest zusammengeschmolzen ist. Als Erstes war die Schule weg. Dann kamen die Läden, die Post an die Reihe. Der Bäcker, der Friseur, die Krankenschwester sind verschwunden. Als sie in den Ruhestand gingen, ist niemand nachgerückt. Der Cafébesitzer ist gestorben, der Lebensmittelladen wurde von einem jungen Paar übernommen. Sie sind nett, aber man spürt genau, dass sie nicht bleiben werden: Die Kleine hat einen Teint wie Pappmaschee und ist ewig verschnupft. Ihr Mann steht jeden Tag im Morgengrauen auf, um auf dem Markt von Saint-Marcel seine Bestände zu erneuern, dreißig Kilometer Fahrt. Und abends arbeitet er bis in die Puppen, und das alles für die zwei, drei Leutchen, die in seinen Laden kommen. Das hält auf die Dauer niemand aus. Und auch wenn man sie gerne unterstützen will: Alles, was sie führen, ist teuer, und außerdem baut im Dorf jeder sein eigenes Gemüse an und hält seine Hühner und Kaninchen. Sie werden gehen, das ist sicher. Bald wird es nur noch den Metzgerwagen geben, der jeden Dienstagmorgen hier hält. Und den Brotlieferanten, zweimal in der Woche.

An jenem Abend saß ihr Sohn also auf der Tischkante, seine ewige Zigarette im Mundwinkel, und führte ihr geduldig vor Augen, warum sie ihr Haus verlassen musste.

Liliane schaute ihn an und dachte: »Wie groß er ist!« Sie dachte auch, ohne sich zu trauen, ihre Gedanken wirklich in Worte zu fassen: »Und wie alt ...«

Sie betrachtete seine grauen Haare, die imposante Statur, den leichten Bauchansatz, die großen gepflegten Hände mit den kurzgeschnittenen Nägeln, die blankgeputzten Schuhe, das makellose Hemd.

Sie sah ihn als Fünfjährigen vor sich, als Zehnjährigen, ein kleiner Lausebengel, ein großer Zaunkletterer, der beim Nachbarn Äpfel klaute und in der Rueille Gründlinge angelte.

Ihr Sohn, Vater von vier Kindern und zweimal geschieden. Ihr Pascal, Chef eines florierenden Transportunternehmens, der gekommen war, um sie woanders hin zu verpflanzen, um sie zu entführen wie eine Braut.

»Ich wohne zu weit weg, Mama! Und mit meiner Arbeit habe ich keine Zeit mehr, dich ein Wochenende im Monat zu besuchen wie früher. In der Stadt würden wir uns öfter sehen, verstehst du? Es wäre alles so viel einfacher. Und du wärst gut untergebracht.«

Sie hat nie in der Stadt gelebt.

Sie hat nie irgendwo anders gelebt als hier.

»Ich habe ein kleines Heim für dich gefunden, ganz neu, mit Bäumen drum herum. Es ist ruhig, du wirst sehen, und die Leute sind nett. Und nicht mal hundert Meter von mir entfernt, du kannst mich besuchen, wann du willst. Dein Zimmer ist im fünften Stock, mit einer schönen Aussicht auf den Park.«

»Im fünften Stock?!«

Mein Gott, warum nicht gleich auf dem Mond?

»Es gibt einen Aufzug, keine Sorge. Und gleich um die Ecke sind Geschäfte. Wenn du einen Ausflug machen willst, ist eine Bushaltestelle direkt vor der Tür. Und es gibt sogar ein Kino, nur zwei Straßen weiter.«

Geschäfte. Aufzug. Kino.

Die Worte hallten in ihrem Kopf wider, flatterten darin herum wie graue Vögel. Sanfte Nachtvögel, deren Umrisse nicht klar zu erkennen waren. Undeutliche Schatten.

Im Kino war sie in ihrem Leben fünf- oder sechsmal gewesen, in Saint-Marcel, bevor es zumachte. Vor langer Zeit.

Pascal redete weiter: »Ganz in der Nähe sind auch Restaurants. Wir könnten ab und zu essen gehen, wenn du Lust hast.«

Sie lachte.

Das letzte Mal hat sie bei Pascals erster Hochzeit in einem Restaurant gegessen. Oder nein. Bei der Beerdigung von Bernard, ihrem Mann. Aber das war keine besonders frohe Erinnerung.

Ins Restaurant gehen, was für eine komische Idee!

Pascal wirkte von ihrem Lachen ermutigt: »Bei dir gleich nebenan ist sogar ein hervorragender Chinese! Hast du schon mal chinesisch gegessen? Mit Stäbchen?«

Natürlich nicht, das wusste er doch genau, der Bengel! Er hatte sie immer um den Finger wickeln und zum Lachen bringen können.

Er hatte gerade »bei dir« gesagt und das Heim gemeint.

Stäbchen. Chinese. Restaurant.

Sie hatte nichts gesagt. Wer schweigt, stimmt zu.

Danach waren die Tage nur so vorbeigerauscht, einer nach dem anderen, bis zu diesem Moment des Abschieds.

Liliane hatte sich darauf vorbereitet, das Haus zu verlassen, in dem sie über fünfundsechzig Jahre lang gelebt hatte. Seit ihrer Hochzeit mit Bernard, da war sie neunzehn gewesen.

Fünfundsechzig Jahre mit einem Horizont, der durch den Gartenzaun begrenzt wurde, durch den Maschendraht des

Hühnergeheges und die Rosenhecke, die wieder voller Blattläuse war. Jedes Jahr das Gleiche. Wer würde sie spritzen, wenn sie weg wäre?

So viele Jahre, in denen sie Böden geschrubbt, Wäsche gewaschen, Kaninchen gefüttert, geschlachtet, ihnen das Fell abgezogen hatte. Gekocht. Beete umgegraben, bepflanzt, gejätet. Ein ganzes Gemüsegartenleben.

Jahre, in denen sie das Geschirr von Hand gespült hatte, nicht immer mit warmem Wasser. Der Boiler war schon dreimal ausgewechselt worden. Der letzte hatte fast zwanzig Jahre gehalten.

Boiler sind wie Leute, sie altern, sie erlahmen. Sie verkalken.

Und dann erlöschen sie eines Abends und weigern sich, wieder anzugehen.

Sie werden ausgetauscht. Und das war's.

So viele Jahre, in denen sie Holz gesammelt, in den Schuppen gebracht und wieder herausgeholt hatte, um über die immer etwas zu langen Winter zu kommen, bis die Zentralheizung kam, ein Geschenk ihres Sohnes zu ihrem siebzigsten Geburtstag. Ein paar Jahre vorher hatte er ihr einen Fernseher geschenkt. Als er vor drei Jahren kaputtgegangen war, hatte Liliane ihn nicht reparieren lassen. Es gab nichts Interessantes mehr zu sehen, nur noch Lärm, Gewalt, Hektik.

An all das hatte Liliane gedacht, als sie ihre Koffer packte. Sie hatte alles mit anderen Augen betrachtet. Mit den Augen von einer, die weggeht, um nicht mehr zurückzukommen.

Eine gleichförmige Existenz, kurze Abende und frostige Morgen. Ihr ganzes Leben zwischen diesen Wänden, mit Blick auf die Hecken, die Felder, die Scheune, Paules Schuppen, Joséphas Salatköpfe, Lucettes Kaninchenställe. Vier Freundinnen.

Vier Witwen.

Die unzähligen Abende voller Einsamkeit, Schweigen, Dunkelheit. Diese dichte, unermessliche Finsternis der Nächte in den Bergen.

Als sie ihren Freundinnen verkündet hatte, sie werde vor Weihnachten wegziehen, hatten diese Tränen vergossen.

Die Stadt ist so weit weg, so weit im Süden, so voller Leute, Lärm, Autos, Luftverschmutzung und allem, was das mit sich bringt.

Liliane hatte nichts gesagt.

Sie hatte ruhig und sorgfältig ihre Koffer gepackt.

Was soll man von einem Leben behalten? Die Fotoalben, ein paar Nippsachen, Briefe. Die schönsten Kleider. Die bequemsten. Den Sessel.

Die Hortensie.

Als das Auto endlich losfuhr, drehte sie sich um.

Sie winkte Lucette und Paule, die dicht beieinander unter einem dunkelblauen Regenschirm in einer Pfütze standen und ihre wehenden Umschlagtücher mit einer Hand fest umklammerten.

Josépha lief ein paar Schritte hinter dem Auto her, aber auf ihren schwachen Beinen kam sie nicht sehr weit. Am Tor blieb sie stehen.

Liliane winkte ihr ein letztes Mal zu.

Sie sah, wie das Haus langsam verschwand, sich nach ein paar Metern, ein paar Scheibenwischerschlägen von ihr entfernte. Zwei, drei Kurven, und das war's.

Dann drehte sie sich in Fahrtrichtung und machte es sich in dem breiten Ledersitz bequem. Sie betrachtete die Augen ihres Sohnes im Rückspiegel. Schöne grüne Augen mit langen schwarzen Wimpern, wie sein Vater.

Der Hof würde nicht verkauft werden. Darüber war sie erleichtert.

Ihr Sohn würde ihn gern renovieren, später einmal, und dort Zimmer mit Frühstück anbieten. Die Leute kommen jetzt als Touristen aufs Land.

Die Welt verändert sich.

Und wie sie sich verändert!

Die ganze Fahrt lang schaute sie hinaus, sie sah Dörfer, Städtchen, Gewerbegebiete vorbeiziehen. Sie sah Züge und Flugzeuge. Sie fühlte sich mitgerissen von diesem großen Strom des modernen Lebens, das sie sich nicht derart hektisch und rastlos vorgestellt hatte.

Als sie am Ortseingangsschild der Stadt vorbeifuhren, in der sie nunmehr leben würde, rief Pascal aus: »So, Mama, jetzt sind wir da!«

Aber sie fuhren noch eine Weile weiter, über lange Boulevards mit hohen Häusern rechts und links, von riesigen Kastanien gesäumte Straßen, Plätze, andere Plätze und weitere Alleen. Häuser. Häuser. Straßen. Noch mehr Straßen.

Die Stadt war endlos.

Als sie schließlich im Zentrum ankamen, war Liliane überrascht von den Lichtern. Straßenlaternen, Neonlichter, Leuchtreklamen, Schaufenster und Weihnachtsdekorationen.

Und von diesem ununterbrochenen Hin und Her der Passanten, Hunderte von Menschen, Männer, Frauen, Kinder, die über Gehwege liefen und vor Cafés saßen.

Alle noch draußen, um fünf Uhr abends?

Auf dem Hof hätte sie schon ihre Fensterläden geschlossen und wäre dabei, ihre Suppe zu kochen.

Pascal machte für sie eine Stadtführung: »Das große Gebäude da drüben ist das Museum für zeitgenössische Kunst. Sie zeigen schöne Ausstellungen, da müssen wir mal hin. Das da ist die neue Bibliothek, und dort, zu deiner Linken, ist die Kuppel der Basilika. Siehst du? Wenn du diesen Boulevard entlanggehst und immer weiter geradeaus, kommst du zum Sitz der Firma. Ich nehme dich bald mal mit und zeige dir alles. Ich will dir auch die Lagerhäuser auf den Kais zeigen. Wir haben uns kürzlich vergrößert, du wirst sehen, es ist eindrucksvoll.«

Er sagte das alles in gleichbleibendem Ton. Es klang, als könnte ihn nichts mehr überraschen.

Wie fern er doch ist, der kleine Junge, der mit zehn Jahren schon den Traktor fuhr und seinem Vater bei der Ernte half.

Er hat studiert.

Liliane hatte plötzlich das Gefühl, ihren Sohn zum ersten Mal zu sehen. Als sie sich am Empfang des Wohnheims vorstellten, entdeckte sie seine Art, mit Leuten umzugehen, mit ihnen zu reden. Diese Mischung aus Selbstbewusstsein, Eile und Höflichkeit. Und die Leute spürten genau, mit wem sie es zu tun hatten: Sie antworteten ihm dienstfertig.

Er übertrieb es nicht, war schlicht, liebenswürdig.

Liliane war stolz.

Als Liliane ihr Zimmer sieht, erstarrt sie.

Alles ist neu. Alles ist hell. Die Möbel sind aus honigfarbenem Holz, der Teppichboden ist blau.

»Gefällt es dir?«

Sie sagt nichts, legt ihren Koffer auf das Bett, ihr Sohn hilft ihr, die Kleider in den Schrank zu räumen. Überall sind Schränke und Regale, bald haben sie ihre Sachen verstaut.

Pascal fährt fort: »Siehst du, es ist alles sehr zweckmäßig!«

Er macht die Balkontür weit auf, legt Liliane ein Tuch um die Schultern und führt sie hinaus. Er zeigt ihr den Park gegenüber, der langsam in der Nacht zu versinken beginnt, aber die Alleen entlang mit kleinen Lichtern durchzogen bleibt.

Liliane wundert sich.

»Lassen sie hier immer die Lichter an? Machen sie die nie aus?«

Pascal lächelt: »Nein, Mama! Es wird nie dunkel in der Stadt.«

Pascal geht wieder zum Auto hinunter, trägt zwei oder drei Ladungen zum Aufzug und bringt endlich die Hortensie hoch.

Dann führt er Liliane in die Cafeteria.

Es ist ihr ein bisschen unangenehm, nichts anderes zu tun zu haben, als sich ihr Essen auszusuchen. Und außerdem ist es viel zu viel für sie, sie isst doch abends kaum etwas!

Pascal versteht ihre Sorge und beruhigt sie sofort.

»Du musst nicht von allem nehmen, und du musst dein Tablett nicht leer essen: Du machst, was du willst, Mama!«

Was sie will?!

Der Speisesaal ist voller alter Leute, sie sind wie aus dem Ei gepellt, frisiert und herausgeputzt. Liliane ist froh, dass sie ihr Kostüm anhat. Viele Bewohner scheinen sich gut zu kennen und sogar Freunde zu sein. Ganz hinten im Saal, bei den Grünpflanzen, sitzen zwei Frauen und lachen. Die eine sieht aus wie Josépha. Manche schauen sie an, aber nicht allzu forschend. Ein freundliches Nicken, das ist alles.

Pascal pickt nur auf seinem Teller herum, er sieht müde aus und entschuldigt sich: Er ist seit fünf Uhr früh auf den Beinen. Morgen hat er von acht bis elf Uhr Termine.

Heute Abend will er früh schlafen gehen.

Zurück im fünften Stock öffnet Pascal die Tür, tritt zurück, um Liliane vorbeizulassen, und sagt: »Ich lasse dich jetzt ausruhen, ich komme morgen am späten Vormittag wieder, dann gehen wir ein bisschen in die Stadt … Vielleicht könnten wir am Hafen zu Mittag essen?«

Pascal umarmt sie und macht die Tür wieder zu.

Liliane lehnt sich einen Moment gegen die Tür. Sie schaut sich um.

Sie zieht ihre Schuhe aus, ihre Strümpfe, setzt endlich ihre nackten Füße auf den blauen Teppichboden.

Sie schließt die Augen. Der Boden ist warm. Und weich.

Zu Hause hätte sie ihre Bettsocken angezogen, um nicht mit den Füßen auf dem eiskalten Boden zu stehen.

Das sanfte, von den doppelt verglasten Fenstern gedämpfte Brummen der Straße lullt sie ein.

Auf dem Hof versetzte die abendliche Stille sie vorzeitig ins Grab, mit einer schweren Marmorplatte darauf.

Das Bad und die Toilette sind ein Traum.

Zu Hause musste sie, wenn sie einmal im Bett war, wieder die Treppe hinunter, um die Toilette zu erreichen, ganz vorsichtig, um ja nicht zu stolpern. Deshalb benutzte sie schon lange einen Nachttopf, den sie in ihrem Nachttisch verwahrte, wie schon ihre Mutter und ihre Großmutter vor ihr. Und sich so hinzuhocken, ist in ihrem Alter beschwerlich, ja sogar schmerzhaft.

Liliane drückt auf den Knopf der Spülung, die ein leichtes, zartes Rauschen von sich gibt und dann sofort aufhört, ohne weitere Rohr- und Klopfgeräusche.

Dann drückt sie auf den Knopf, der die Jalousie schließt, wie Pascal es ihr gezeigt hat. Es macht *wwzzzz*, und der Stadthimmel empfiehlt sich.

Zu Hause waren die Fensterläden schwer, und ihre kaputten Kanten hinterließen manchmal ein paar Splitter in ihren Fingern.

Liliane schlüpft zwischen die Laken. Sie löscht das Nachtlicht. Sie schließt die Augen.

Zu Hause werden Paule, Lucette und Josépha, jede von ihren Schatten und ihrer Einsamkeit umgeben, an sie denken und vor lauter Sorge um sie nicht einschlafen können.

Liliane denkt, dass sie morgen nicht so früh aufstehen muss, um die Hühner zu füttern. Morgen *wird sie am Hafen zu Mittag essen* …

Sie lässt das Lachen hervorbrechen, das sie seit dem Morgen unterdrückt hat, und sagt sich: Jetzt wird sie endlich leben!

Heute Abend wird gefeiert!

*D*er Dezember kennt dieses Jahr kein Erbarmen. Nach zehn Tagen Regen ist es stürmisch geworden, und seit heute Morgen fällt jetzt auch noch Schnee.

Lucienne ist darüber immer wieder in Begeisterungsstürme ausgebrochen – ist das hübsch …! –, während Gilbert fluchend mit einer lädierten Plastikschaufel gekämpft hat, um den Eingang freizuschaufeln.

»Hübsch, hübsch …! Von wegen! Eine Plage ist das! Wenn wir uns bloß nicht die Beine brechen! Da braucht es nur noch mal drüber frieren, dann ist das kein Weg mehr, sondern eine Eisbahn!«

»Man müsste Salz streuen …«, hat Henriette gemeint.

»Salz ist gut, damit man nicht rutscht … Vielleicht streuen sie uns ja welches vors Haus, meinst du nicht? In der Stadt haben sie gestreut.«

»Tja, wir sind hier aber nicht in der Stadt. Darauf kannst du hier lange warten. Hol mir lieber ein Bier, sich so abzuschuften macht durstig.«

Der Himmel hängt dicht über der Erde, er ist kreidig-weiß, ohne jede Hoffnung auf eine Wolkenlücke.

Die Baustelle des letzten Wohnblocks ist gut vorangeschritten. Das Gelände ringsum ist planiert worden, und seitdem ist die Erde mit regenbogenschimmernden Pfützen bedeckt.

Im Januar soll das Haus abgerissen werden.

Das Haus ist in Wirklichkeit eine große, mit Wellblech gedeckte Bretterhütte. Sie hat ein kleines Vordach über dem Eingang und seitlich einen kleinen Schuppen. Dahinter ist die Toilette. Der Thron besteht aus einem Brett mit einem ausgesägten Loch über einer Grube. Man wirft eine Schaufel voll Erde hinein, um seine Hinterlassenschaften zu bedecken. Um diesen Palast herum ein Rest vertrockneten Rasens, ein löchriger Maschendrahtzaun, zwei kränkliche Rosenstöcke und ein kümmerlicher Gemüsegarten, dazu ein Haufen Katzen mit glanzlosem Fell und irrem Blick, die bei der kleinsten Bewegung flüchten. Von der Hütte führt ein von halben Autoreifen begrenzter Weg zu dem, was bald der Parkplatz der neuen Wohnblocks sein wird, eine riesige, glatte schwarze Fläche, auf der die Arbeiter schon mit weißer Farbe die Stellplätze für die Autos markiert und nummeriert haben.

»Sie sind krank! Echt krank! Sie machen den Parkplatz fertig, bevor das Gebäude steht! Warum bauen sie nicht gleich das Dach vor den Mauern …«, hat René an dem Tag gehöhnt, an dem die Markiermaschine kam.

»Kann uns doch scheißegal sein«, hat Gilbert geknurrt. »Wir haben ja nicht vor, ihnen eine Wohnung abzukaufen …!«

Lucienne lachte.

Sie lacht die ganze Zeit.

Sie leben hier zu fünft: René und seine Frau Henriette, Gilbert, Juan und Lucienne.

Juan ist der Älteste. Als er vor über vierzig Jahren aus Spanien gekommen ist, gab es im Viertel kein einziges Hochhaus. Es war eine Siedlung mit lauter kleinen Einfamilienhäusern mit Gärtchen, und an den Fassaden prangten Balkone mit Gießbetonbrüstungen und emaillierte Schilder mit Namen wie *Traumvilla* oder *Zur guten Ruhe*.

Damals fand Juan in der Nachbarschaft problemlos Arbeit als Mann für alles: Maler, Maurer, Fliesenleger, Glaser … Er war jung und kräftig. Ein unermüdlicher Arbeiter. Er lernte Französisch, bei der Arbeit, beim Leben und auf dem Grund der Gläser, die er leerte. Er baute auf einem Streifen Land, von dem niemand mehr wusste, wem er gehörte, diese Hütte. Da niemand es für nötig gehalten hatte, ihn zu vertreiben, war er zum geduldeten Nutzer geworden, ohne Miete und ohne Nebenkosten. Der Nachbar hatte ihm das Durchgangsrecht an seinem Zaun entlang gewährt, unter der Bedingung, dass er seine Bäume beschnitt und seinen Rasen mähte, was er fast dreißig Jahre lang getan hatte.

Gilbert tauchte drei oder vier Jahre später auf. Er kam aus Belgien und kannte sich aus mit Klempnerei, Kochen und dunklem Bier. Juan und er lernten sich im Café an der Ecke kennen. Sie fanden heraus, dass sie einiges gemeinsam hatten. Juan nahm Gilbert als Mitbewohner auf. Im Laufe der Jahre entwickelte sich zwischen den beiden Männern eine solide Freundschaft, ohne viele Worte.

Der Große mit den rotblonden Haaren und den Rettungsringen um die Hüften schimpfte und kümmerte sich ums Essen.

Der hagere, drahtige Kleine mit den dunklen Haaren seufzte und verdiente die Brötchen.

Alles war fast in bester Ordnung.

Doch bald kündigten sich die ersten Zeichen einer weitreichenden Veränderung an.

Die Immobiliengesellschaften rissen sich um das Bauland, legten Parzellen zusammen und planten am Reißbrett eine funktionale Welt. Man konnte zusehen, wie Einkaufszentren und ganze Viertel aus Hochhäusern und langen Kästen aus dem Boden schossen. Bald würden die Gärtchen und Einfamilienhäuser nur noch Erinnerung sein.

Am Ende stand die Hütte ganz allein mitten auf dem letzten unbebauten Gelände, das von einem Bauzaun eingeschlossen war. Dann wurde sie immer dichter umschlossen von einem Gewirr aus Straßen, Baustellen, Schuppen.

An einem Februartag stieß Lucienne die Tür auf, ohne auch nur anzuklopfen, nachdem eine neue Baustelle das Haus der Nachbarn und das dahinter wegradiert hatte.

Alt wie die Straßen, schmutzig, vom Regen durchnässt, war ihr einziger Reichtum eine Plastiktüte, in der sie ihr Hab und Gut verwahrte: Eine Haarspange, eine blau-weiß-karierte Serviette und ein Paar verschieden große rosa Pantoffeln.

Als sie die beiden Männer beim Kartenspielen am Tisch sitzen sah, wirkte sie nicht überrascht. Sie rief nur aus: »Na, besonders warm ist es hier ja nicht!«

Und um ihre Aussage zu bestärken, ging sie um den Tisch herum und legte ihre Hände in Gilberts Riesenpranken, der sie, da er nicht wusste, was er damit anfangen sollte, ganz fest drückte.

Im Kopf ist Lucienne nicht viel älter als fünf.

Fünf Jahre alt, mit allen Träumen, Lachanfällen und Ängsten, die dazugehören. Die beiden Männer nahmen sie bei sich auf wie ein herrenloses Kätzchen. Was hätten sie sonst tun sollen?

Gilbert schimpfte zwar ein bisschen, aber nur der Form halber und weil er einen Ruf zu wahren hatte.

»Das ist doch hier kein Armenhaus, verdammt noch mal!«

Juan seufzte, schob seine Kippe in den anderen Mundwinkel, und ein paar Tage später baute er in der Hütte eine Trennwand ein, damit jeder seine Privatsphäre hatte. Zwei Männer können sich nackt in einer Wanne waschen, ohne sich voreinander zu genieren. Aber mit einer Frau, selbst mit einer kindischen Alten, ist etwas Schamgefühl geboten. Von jetzt an gab es auf der einen Seite ein Zimmer für Lucienne und auf der anderen Seite eins für sie beide, das gleichzeitig auch als Küche und Esszimmer diente.

Im folgenden Jahr kamen an einem affenheißen Tag im Frühsommer René und Henriette dazu. Sie standen am Gitter und schauten voller Begierde auf die drei Salatköpfe und auch auf den Schatten unter dem Vordach, das Juan über der Tür angebracht hatte, um den Eingang vor Regen und Lucienne vor einem Sonnenstich zu bewahren.

Als er die beiden sah, wie sie sich an den Zaun klammerten, öffnete Gilbert schroff die Tür, trat ein paar Schritte hinaus und schob seinen dicken Bauch vor, als müsste das ausreichen, um die Eindringlinge in die Flucht zu schlagen.

»Worum geht's?«

Zum Gruß hielt René eine halbvolle Flasche hoch. Hinter ihm bot Henriette demütig ihr Gastgeschenk dar: einen Klappstuhl, den sie gerade gefunden hatte.

Gilbert schimpfte: »Was sollen wir denn mit eurem Ramsch? Das ist hier nicht die Heilsarmee, verflucht noch mal!«

Er ging wieder hinein, ohne die Tür hinter sich zu schließen. Dann kam Lucienne heraus und winkte ihnen zu. Da traten sie näher, einer nach dem anderen, ganz vorsichtig. Drinnen hatte Gilbert schon zwei weitere Gläser auf den Tisch gestellt.

Juan seufzte wieder. Da sich die Hütte nunmehr als zu

klein erwies, baute er ein neues Zimmer an, aus Ytong-Platten und ein paar Bohlen, die den Arbeitern auf den umliegenden Baustellen wohl später gefehlt haben werden.

Dann malte er in großen Buchstaben auf ein Brett, das er vorne am Weg aufstellte: *Wir sint foll!*

Und nun sitzen sie alle unter dem Vordach, auf dem, was sie hochtrabend ihre *Terrasse* getauft haben: drei Quadratmeter, mit gefundenen Fliesen ausgelegt, direkt auf die Erde, ganz ohne Estrich. Zwischen den Platten wächst Gras.

Auf den Autorückbänken, die ihnen als Gartenmöbel dienen, trinken sie schweigend ihren Kaffee und wärmen sich an den angeschlagenen Gläsern die Hände, während sie zuschauen, wie der Schnee fällt.

Vincent Monet ist früh aufgestanden.

Das ist ganz gegen seine Gewohnheiten. Aber heute ist es wegen der Arbeit.

Er schaut sich im Spiegel an, er ist schon wieder dicker geworden, Himmelherrgott! Dabei kann es nicht an dem liegen, was er isst, nämlich fast gar nichts, nicht mehr als ein Vögelchen. Während er in Unterhose in der Küche steht und sein Müsli und seine drei Spiegeleier verdrückt, denkt er, dass das nicht normal ist, so viel zuzunehmen, einfach so, ohne Grund.

Auf dem Sofa liegen die Klamotten bereit, die er nachher anziehen wird. Normalerweise kleidet er sich schlicht: Nietenhose, schwarzes Leder, Kraftbänder, Spiegelsonnenbrille, spitze Stiefel mit Sporen, alter Motorradhelm und schwarzes T-Shirt mit Aufschrift, je nach Stimmung: I Fuck U *in gotischer Schrift oder* Natural Born Biker. *Voll cool.*

Er wird Vince genannt, oder La Castagne, *der Zoffer, weil er gerne mal Ärger sucht. Manche wagen es sogar, ihn* Opa *zu nen-*

nen, aber das sind enge Freunde. Man darf nicht zu viele Witze über all das Persil-Weiße an ihm machen: Haupthaar, Bart, Augenbrauen.

Sogar die Haare am Bauch, am Rücken und sonst wo werden weiß. Aber er ist nicht alt, okay?

Mit sechzig ist man nicht alt. Da hat man Erfahrung.

Er kämmt seinen Bart sorgfältig, drapiert ihn über der Brust, dann bürstet er sich die schulterlange Mähne. Normalerweise bindet er sie zusammen. Und wenn einer sich einfallen ließe, ihm zu sagen, ein Pferdeschwanz sei eine Tussenfrisur, dann bekäme er eins in die Fresse. Diese Frisur wurde von Cadogan erfunden, einem englischen General. Aber heute kein Cadogan, das steht in seinem Vertrag: Die Haare wehen im Wind.

Er macht diesen Job seit sieben oder acht Jahren, immer ein paar Tage am Stück. Es ist am anderen Ende der Stadt, sonst hätte er sich nie dazu breitschlagen lassen. Er sieht das als Schauspielerjob, als Statisterie, okay. Aber trotzdem, ein guter Ruf ist schnell dahin … Aber der Job kommt ihm gelegen, am Jahresende, bei seiner kleinen Rente … Schon Rentner?! Mannomann!

Als er den Job zum ersten Mal angeboten bekam, ging's ihm ganz schön mies. Mehrere Monate arbeitslos, Schulden bis zum Hals, noch dazu war seine Freundin gerade abgehauen, ohne ihm Kinder zu hinterlassen, die ihm später mal das Hospiz bezahlen könnten. Und seine Mutter, mit der es schon bergab ging.

Außerdem war es schweinekalt. Ganz genau wie heute, eigentlich! Dasselbe Scheißwetter, Schnee, grauer Himmel, Eis an den Fensterscheiben. Völlig am Ende war er damals.

Noch drei Tage und er hätte seine Lolita verkaufen müssen, um zu überleben, seine Harley-Davidson. Eine Early Shovel 66 in Originalausstattung, mit Packtaschen aus hartem Leder – ein wahres Wunderwerk, ohne zu viel Chrom und Tuning. Nur ihr Name, Blue Lolita, war mitten auf den Tank kalligraphiert, da, wo er sie zwischen den Schenkeln hielt. Ein echtes Kunstwerk.

Seine Lolita verscherbeln? Sie verticken, um sich was zu essen zu kaufen oder seine Miete zu bezahlen? Als wäre sie irgendeine italienische Eierschaukel? Eher krepieren!

Vince hatte ernsthaft erwogen, Schluss zu machen. Er würde seine Herzallerliebste besteigen, die südliche Verbindungsstraße nehmen, um sie zu einem langen Ausflug zu entführen und noch einmal ihre schöne, etwas raue, heisere Stimme zu hören, diese Harlem-Stimme, die alle Harleys haben. Und auf dem Rückweg würde er, statt nach der Autobahnausfahrt unter der unfertigen Brücke durchzufahren, die gesperrte Straße nehmen, eben die, die auf die Brücke führte. Er würde Vollgas geben und mit Karacho durch die Absperrung rasen, und dann käme der große Sprung.

Und tschüss.

An dem Tag, an dem er beschlossen hatte, endgültig die Flatter zu machen, hatte er, bevor er die Verbindungsstraße nahm, noch kurz angehalten, um ein Sixpack Bier zu kaufen. Sterben, okay, aber nicht verdursten.

Und da, vor dem Supermarkt, hatte dieser Typ ihn angequatscht: »Sie suchen nicht zufällig einen Job für die Woche?«

»Kommt drauf an«, hatte Vince gebrummt.

Da hatte der Mann ihm alles kurz erklärt.

Zuerst hatte Vince gedacht, der Typ wolle ihn auf den Arm nehmen. Aber er hatte ihn schließlich überzeugt. Der Mann, den er sonst immer einstellte, war am Abend zuvor auf dem Heimweg von einem Auto überfahren worden. Auf der Stelle tot, da können Sie von Glück reden.

»Unsere Kundschaft wird sich wundern, wenn er plötzlich nicht mehr da ist, verstehen Sie ...«

»Ja, und weiter?«

»Und als ich Sie so gesehen habe mit Ihrem Bier, da habe ich mir gesagt, dass Sie genau das richtige Profil haben für den Job ... «

»...?!«

»Doch, doch, glauben Sie mir! Und die Arbeit ist nicht anstrengend. Sie spazieren vor dem Laden auf dem Gehweg herum, von neun bis zwanzig Uhr, mittags eine Stunde Pause.«

Vince hatte den Kopf geschüttelt. Nee, ehrlich, das war doch was für Bekloppte. Wenn irgendein Kumpel von ihm zufällig in der Gegend vorbeikäme ... Dann war sein Blick auf seine Lola gefallen, seine Lolita, seine Schönheit, die auf dem Gehweg auf ihn wartete, graziös ein wenig zur Seite gelehnt. Sie schien zu sagen: Überwinde dich, mein Biker, mein Held. Du musst es nur wollen, dann haben wir noch schöne Tage vor uns, du und ich, das weißt du.

Und da hatte er Ja gesagt. Ja zu allem. Zu der albernen Verkleidung, zu den ganzen Spießern, die ihn mit ihrem einfältigen Grinsen begafften. Ja zu den Bälgern, die sich manchmal an ihn klammerten. Und in den Momenten musste er sich ganz schön zusammenreißen, um sie nicht mit einem gezielten Tritt in den Hintern in die Erdumlaufbahn zu befördern.

Und dann hatte er sich, weiß der Geier wie, an den Job gewöhnt. Er machte ihm sogar irgendwie Spaß, was ihm zwar etwas peinlich war, aber gut, so ist die menschliche Natur: Wir haben alle ein paar dunkle Seiten. Stark sein bedeutet, seine Schwächen akzeptieren zu können.

Am Ende seines Einsatzes im dem Jahr hatte der Typ zu ihm gesagt: »Sie waren sehr gut, Monsieur Monet! Wenn Sie wollen, stelle ich Sie nächstes Jahr wieder ein. Was sagen Sie dazu?«

»Kommt drauf an«, hatte Vince geantwortet.

Er hatte seine Lolita gestartet und noch hinzugefügt: »Ich bin nicht grundsätzlich dagegen.«

Deshalb also fuhr Vince in diesem Augenblick geruhsam über den Boulevard de la Libération, sein Material in den Packtaschen, um seinen Dienst anzutreten, wie schon seit sechs Tagen – heute war der letzte Tag für dieses Jahr.

In der Stadt hätten sie sich bekämpft, um einen Platz auf dem Gehweg, ein sauberes Stück Pappe oder eine gute Stelle zum Betteln gerungen.

Hier ist es anders. Das unbebaute Gelände ist eine Welt außerhalb der Zeit. Sie haben sich hier ganz natürlich zusammengefunden, ohne sich darüber den Kopf zu zerbrechen. Sie bewahren einander vor dem Elend, indem sie das Wenige teilen, das Nichts aufsplitten. Und jedem seinen Charakter, seine Geschichte und seine Rolle.

Gilbert ist der ewige Nörgler. Er schimpft wegen jeder Kleinigkeit los, schafft es aber immer, man weiß nicht wie, zur Essenszeit die Mägen zu beglücken.

Juan schweigt. Er hat den ganzen Tag eine meist erloschene Zigarette im Mundwinkel. Er hält seinen Alkoholpegel mit kleinen Schlucken konstant, aber man sieht ihn nie betrunken. Da er inzwischen zu alt ist, um seine Dienste zu verkaufen, kümmert er sich um die Wartung ihrer Nussschale, die bald von dem Betontsunami verschlungen werden wird. Aber bis zum Tag des Untergangs streicht er die Wände, repariert die Tür, dichtet die Fenster ab und wechselt, wenn nötig, die Gasflasche.

René hat eine Weile im Gefängnis gesessen, niemand hat ihn gefragt, warum. Er hat von dort ein paar schöne Tätowierungen mitgebracht, die angesichts seines Alters ins Hellblaue tendieren. Er redet wie ein Buch und benimmt sich wie ein Lord. Er zieht sich immer sehr ordentlich an und liest jeden Morgen die Zeitung vom Vortag.

Seine Freundin Henriette ist groß, dick und hässlich, von einer schönen, liebenswürdigen Hässlichkeit. Sie hat zwanzig Jahre lang in der Fabrik gearbeitet, acht Stunden pro Tag am selben Platz, immer dieselben Handgriffe. Dann ist sie auf Abenteuersuche gegangen. Sie hat viel gesehen, viel erlebt. Sie hustet von morgens bis abends zwischen zwei Zügen an ihrer ewigen Kippe. Niemand versteht es so gut wie sie, auf dem Müllabladeplatz Sachen zu finden. Mit einem Blick ortet sie eine gut erhaltene Matratze, einen fast neuen Kochtopf. Sie singt oft und sehr falsch, mit ihrer krächzenden Bassstimme klingt sie wie ein lungenkranker alter Schwarzer.

Der Jüngste von ihnen ist Gilbert, der an die siebzig ist.

Die Älteste ist zweifellos Lucienne, die auf die neunzig zugehen muss. Genau weiß es niemand. René meint, sie sei aus einem Irrenhaus abgehauen, wo sie sicher in der Altenabteilung versauerte. Wenn die Leute vom Sozialamt ihre Runde machen, verstecken die anderen Lucienne.

Sie ist der Liebling, das Maskottchen des Hauses. Mit ihren erstaunten blauen Augen, ihren weißen Löckchen, in die sie bunte Schnüre und Fäden bindet, ihrer zerbrechlichen Gestalt und ihrem Lachen wirkt sie wie eine alte Puppe.

Mit ihren kleinen Jobs hier und da, den gefundenen Sachen und gelegentlicher Bettelei lebte die ganze kleine Gesellschaft noch bis vor kurzem ohne allzu viele Sorgen von der Hand in den Mund. Aber jetzt sind sie der Stadtplanung zum Opfer gefallen: Sie werden das Feld räumen müssen. Im Januar wird das Haus abgerissen.

Folglich ist die Stimmung seit ein paar Tagen mies. Das schlechte Wetter, die Kälte. Henriettes böser Husten. Der schlimme Rheumatismus, der an Juans Schulter nagt. Gilbert, der vorgestern das Omelett hat anbrennen lassen.

Sogar Lucienne hatte sich von dem allgemeinen Trübsinn anstecken lassen, bis sie heute Morgen den Schnee auf der Allee entdeckt hat. Seitdem geht sie wie verzaubert immer wieder nach draußen, um nachzuprüfen, ob der Schnee auf den Rosenstöcken und den Autoreifen sich hält, und wenn sie wieder hereinkommt, hat sie die Hände voller Puderzucker, den sie auf den Tisch legt und in verzücktem Schweigen beim Schmelzen beobachtet. Jedes Mal, wenn sie rein- oder rausgeht, dringt ein eiskalter Luftzug ins Haus, aber das ist ihr egal.

»Nun hör doch mal auf mit dem Hin und Her, Lulu, siehst du nicht, dass wir hier am Erfrieren sind! Wir holen uns wegen dir noch alle den Tod, verflucht!«, zetert Gilbert, als er sie zum zehnten Mal auf die Tür zusteuern sieht.

Juan wischt demonstrativ die neue Pfütze vom Tisch.

»Ganz bestimmt, so wie es hier zieht!«, stimmt Henriette zwischen zwei Hustenanfällen zu. »Ich hab keine Lust, ausgerechnet zu Weihnachten abzuschrammen!«

René blickt von seiner gestrigen Zeitung auf, mustert sie überrascht, blättert zur ersten Seite zurück, überprüft das Datum, rechnet nach und stellt fest: »So was! Stimmt ja, wir haben schon den 21.!«

»Dann ist in vier Tagen Weihnachten …?«, staunt Gilbert.

»Na ja, klar«, sagt Henriette.

Alles steht still. Ein Engel geht durchs Zimmer.

Gilbert kocht Kaffee und legt ein Päckchen Kekse auf den Tisch, das wohl auf dem Markt auf den Boden gefallen ist. Dann holt er die Flasche mit dem Pflaumenschnaps, die ihr letzter Nachbar ihnen vor seinem Umzug noch geschenkt hat.

Gilbert gehört zu den Leuten, die glauben, dass ein voller Magen den Kummer vertreibt.

Damit liegt er nicht unbedingt falsch: Eine Viertelstunde später sitzen die fünf Gesellen bei Kaffee mit Schnaps zusammen, knabbern an ihren Keksen herum und erinnern sich mit feuchten Augen an die Weihnachtsfeste ihrer Kindheit.

Sogar Juan, der sonst immer so verschlossen ist, erzählt ein bisschen von seiner Kindheit in Spanien, in der Extremadura mit ihren Ziegenherden, ihren kahlen Hügeln und ihrer Armut.

Gilbert erinnert sich an die Weihnachtsfeste in Belgien, die er allein mit seiner Mutter verbrachte. Die Messe, die sie zu zweit besuchten, die feuchte, mit Kohlenbecken notdürftig beheizte Kirche.

Dann erzählt auch René, beschreibt den Tannenbaum, den sein Vater aus dem Wald holte. Die ersten Rollschuhe, eine wahnwitzige Ausgabe, die sich die vier Brüder teilen mussten, die Schwester war noch ein Baby.

»Mein Vater stellte sie uns abwechselnd ein, jeweils für eine Woche. Sonntags rief er einen von uns, wir stellten den Fuß auf die Sohle, und dann, tapp, tapp, klopfte er sie vorsichtig auf die richtige Größe zurecht. Herrgott, diese Rollschuhe haben wir jahrelang behalten ...«

René schaut verträumt in die Luft. Henriette vergisst beim Zuhören das Husten. Dann erzählt sie vom Heiligabend in ihrer kommunistischen Familie, in die Kirche gingen sie natürlich nicht. Von ihrem Vater, der vor jedem, der es hören wollte, loswetterte, dass Weihnachten das Fest des Konsums sei, sich aber am Heiligabend als Weihnachtsmann verkleidete, um ihnen ihre Geschenke zu bringen.

Und da sagt Lucienne mit ihrer brüchigen Kristallstimme: »Ich habe den Weihnachtsmann noch nie gesehen! Aber eines Tages möchte ich ihn schon mal in echt sehen. Und Geschenke bekommen. Ja, das möchte ich gern.«

Die anderen schauen sie an.

Der Engel kommt wieder.

Er hat sich bestimmt zu ihnen an den Tisch gesetzt und trinkt einen Schnaps, es ist nämlich nichts mehr zu hören …

Vince wirft einen Blick auf die Uhr. Neunzehn Uhr fünfundfünfzig. Nur noch fünf Minuten und fertig: Dann kann er sein Hanswurstkostüm wieder abgeben, seine Lolita besteigen und zu seiner Mutter fahren.

Sie hat endlich einen Platz im Altenheim bekommen. Ein Opa ist abgekratzt, so ist ein Zimmer frei geworden. Heutzutage muss man die Plätze für seine Alten vorreservieren, wie für die Kinder, die man in der Krippe unterbringen will. Dann landen sie erst mal auf der Warteliste. Aber gut, in ein paar Tagen wird sie dort sein. Nicht, dass er sie loswerden wollte, aber es wird langsam schwierig, weil sie immer mehr abbaut. Neulich hat sie ihn »Jeannot« genannt, so hieß sein Vater. Sie sieht nur noch zehn Zentimeter weit, ist stocktaub und von Arthrose ganz verkrümmt. Neunundachtzig wird sie im Frühjahr. Da reicht eine Haushaltshilfe nicht mehr. Das ist ihr letztes Weihnachten zu Hause, das wird er ihr sagen müssen. Aber nicht heute Abend.

Heute werden sie Heiligabend feiern, in trauter Zweisamkeit, wie er sich ausdrückt, um sie zum Lachen zu bringen. Solange sie sich bei Tisch ordentlich benimmt, ist das Leben noch da, nicht wahr? Trotzdem, es macht ihn ganz trübsinnig, sie so zu sehen. Deshalb wird er, wenn er sie ins Bett gebracht hat, noch in die Billardkneipe gehen, um seine Kumpel zu treffen, und danach zum Abschluss vielleicht noch in den Nain Jaune.

Inzwischen ist es schweinekalt. Vince geht vor dem erleuchteten Schaufenster langsam auf und ab und schaut hin und wieder zu den beiden Pennern hinüber, die sich auf der anderen Straßenseite postiert haben. Sie stehen seit ein, zwei Stunden oder noch länger da, schauen ihn an, stoßen einander mit dem Ellbogen in die Seite und flüstern sich Sachen ins Ohr. Der eine ist ganz hager und zerknittert, mit einer Schirmmütze bis über die Augenbrauen und einer Kippe im Mundwinkel. Der andere ist ein großer Dicker mit rosigem Teint und birnenförmiger Figur. Sie teilen sich eine Flasche, aus der sie immer mal wieder einen Schluck nehmen. Vince wirft ihnen einen gereizten Blick zu. Je länger sie da stehen, desto mehr bekommt er Lust, rüberzugehen und ihnen eine zu scheuern. Aber da kommt ein Dreikäsehoch daher und zieht ihn am Ärmel, um ihm ein Küsschen zu geben. Das ist der letzte des Abends, besser noch: der letzte des Jahres! Vince beugt sich vor und drückt dem Jungen einen Schmatz auf die Pausbacken.

Dann steuert er mit schweren Schritten auf den Hintereingang zu, den fürs Personal, um seine Klamotten abzugeben. Er ist nur noch zehn Meter von der Tür entfernt, als er plötzlich einer alten Frau gegenübersteht, fast so groß wie er und zum Fürchten hässlich. Sie lächelt ihm zu, was die Sache noch schlimmer macht, und sagt mit heiserer Stimme: »Sie müssen mit mir mitkommen, bitte.«

Vince zuckt mit den Schultern – davon kannst du lange träumen, du Hexe! – und will schon weitergehen, aber die alte Schnalle baut sich vor ihm auf und verstellt ihm mit ausgebreiteten Armen den Weg.

Vince ist eher der impulsive Typ, aber seine Devise lautet: Draufhauen nützt nichts, außer wenn es sein muss. Und er wird ja schließlich keine alte Frau schlagen! Er knurrt: »Was wollen Sie?«

»Sie müssen mitkommen, sag ich Ihnen. Es dauert auch nicht lange.«

Vince sagt sich, die ist plemplem, das ist klar, und mit ihr zu diskutieren wird nichts bringen. Er muss sie einfach nur beruhigen.

Also lächelt er, um sie zu besänftigen, und antwortet: »Ist ja gut, ist ja gut, ich muss nur erst meine Sachen zurückbringen. Danach erklären Sie mir Ihr Problem, ja?«

Von wegen, er wird einfach durch die andere Tür abhauen! Dann kann sie hier lange auf ihn warten.

Die Alte schüttelt den Kopf und lässt nicht locker: »Nein, nein. Sie müssen so mitkommen.«

Langsam beginnt Vince, rot zu sehen. Er nimmt die Alte an den Schultern, schiebt sie zur Seite – aber nicht zu heftig – und brummt: »Also, hör mal zu: Ich kenn dich nicht, ich weiß nicht, was du von mir willst. Ich hab Feierabend und geh jetzt nach Hause, klar? Lass mich in Ruhe!«

»Pfoten runter, Jungchen!«, sagt da eine Stimme in seinem Rücken.

Vince dreht sich um.

Da stehen die zwei Penner. Der eine von den beiden, der Hagere, lehnt mit dem Rücken an der Wand, direkt neben seiner Harley. Er hält einen Schraubenzieher in der Hand und wiederholt: »Pfoten runter, klar?«

Vince ahnt die Absicht hinter der kaum angedeuteten Geste. Wut und Ohnmacht wallen in ihm auf. Der Schraubenzieher ist nur einen knappen Zentimeter von Lolitas Tank entfernt. Eine plötzliche Bewegung, und das Irreparable wird geschehen: der fatale Kratzer. Stunden Arbeit, um das wieder auszubügeln!

Vince lässt die Irre los.

»Verdammt, was wollt ihr von mir? Ich hab keine Kohle, ich hab nichts!«

»Hast du ihm nicht gesagt, was wir wollen?«, fragt der andere Alte die Dicke verwundert.

»Ich bin gar nicht dazu gekommen! Er war sofort auf hundertachtzig!«

»Dann wollen wir es ihm erklären …«, sagt der Magere.
»Aber nicht hier.«

Er steigt hinten auf die Maschine und winkt Vince heran.

»Fahr los, ich sag dir, wo's langgeht. Und keine Mätzchen, wenn dir an deinem Ofen liegt!«

Vince denkt, dass er nur eine Vollbremsung hinlegen oder eine Kurve etwas eng nehmen müsste, um den Alten loszuwerden. In dem Alter wiegen sie nicht mehr viel. Nur noch Haut und Knochen ohne viel Fleisch dazwischen. Aber er kann sich nicht durchringen, seine Lolita in Gefahr zu bringen. Außerdem ist er, auch wenn er es sich nicht eingesteht, langsam neugierig darauf, was diese Bande von hirnverbrannten Alten von ihm will. Was haben die vor? Einen Überfall oder was?

Er startet die Maschine.

Der Opa klammert sich an ihm fest. Er ruft den anderen zu: »Wir treffen uns zu Hause!«

Und Vince brüllt er ins Ohr, um den Motor zu übertönen: »Geradeaus bis zum Kreisverkehr. Kurz vor der Autobahn biegst du dann links ab. Es ist nicht sehr weit, ich sag dir dann Bescheid!«

Lolita zischt über den Boulevard. Sie entfernen sich vom Stadtzentrum.

Die Nacht wirkt durch den Schnee mild und gedämpft. Es ist kalt, aber nicht zu sehr.

Lucienne schläft hinter der Trennwand. Sie werden sie zum Essen wecken. Wenn sie schläft, könnte ein Zug mitten durchs Zimmer rattern, sie würde nicht mal zucken.

Heute Morgen, bevor die Müllabfuhr kam, ist René losgezogen, um Glitzerkram zu finden.

Die Jagd hat sich gelohnt: Anscheinend wechseln die Leute ihre Weihnachtsdeko öfter mal. Er hat Girlanden gefunden, Christbaumkugeln und sogar eine schöne Plastiktanne, die echter aussieht als eine echte, abgesehen von ein paar abgebrochenen Ästen, aber wenn man die Seite zur Wand dreht, merkt man nichts davon.

Gilbert hat sich um das Abendessen gekümmert, bevor er sich mit den beiden anderen auf den Weg gemacht hat.

Jetzt wartet René auf ihre Rückkehr. Es ist dunkel, schon fast halb neun. Sie müssten bald zurück sein. Er macht sich ein bisschen Sorgen um Henriette. Sie war den ganzen Tag draußen, auf der Suche nach einer Kleinigkeit für jeden und nach Material, um alles schön zu verpacken. Sie wird wieder husten. Aber egal, heute Abend wird gefeiert!

Das Haus ist schön geschmückt. Es wird ihnen schwerfallen, es zu verlassen, ohne zu wissen wohin.

Es wird vor allem schwer sein, nicht mehr zusammenzuleben.

René will nicht daran denken. Er weiß schon lange, dass Kummer nicht verschwindet, wenn man sich Sorgen macht. Das macht ihn nur noch etwas schwerer.

Am Eingang des unbebauten Geländes hört Vince Juan zu, ohne den Schraubenzieher aus dem Auge zu lassen. Erst versteht er nicht ganz, was Sache ist. Aber nach und nach dämmert es ihm, was die Alten von ihm erwarten: Etwas total Verrücktes.

Am Ende sagt Juan: »Wenn du jetzt abhauen willst, werde ich dir nicht hinterherrennen. Du kannst gehen, wenn du willst. Deinem Ofen hätte ich so oder so nichts getan.«

»Warum hattest du dann den Schraubenzieher in der Hand?«

»Hättest du mir sonst zugehört?«

Vince schüttelt nur den Kopf. Verdammte Hacke, was für eine Plage, diese Alten!

A propos, hoffentlich bekommt seine Alte inzwischen keine

Angstzustände und stellt sich vor, er sei unter einen Lastwagen
geraten! Also ruft er Madame Paulin an, die Nachbarin, und bit-
tet sie, seiner Mutter zu sagen, dass er ein bisschen später komme.
Dann dreht er sich zu Juan um und fragt: »*Also, gehen wir dann*
oder wie? Ich habe nicht die ganze Nacht Zeit!«
   Juan lächelt.
   »*Es ist da drüben, neben der Baustelle. Siehst du die Kräne?*«
   »*Ja.*«
   »*Da wohnen wir. Die Hütte, siehst du die? Der ganze Krem-*
pel ist unter dem Vordach. Gib uns zehn Minuten.«

Lucienne ist mit Mühe aufgestanden. In ihrem Alter lässt
der Schlaf die Gelenke jedes Mal einrosten. Aber als sie an
Henriettes Arm ins Zimmer tritt, wacht sie mit einem Schlag
auf. Die Tischdecke, die hübschen Teller, fast alle gleich, die
Joghurtgläser als Kerzenständer! Und der Tannenbaum!
Ein prachtvoller Tannenbaum, über und über mit Kugeln in
allen Farben und glitzernden Girlanden behängt.

   Juan, Gilbert, René und Henriette lächeln, als sie ihre
glänzenden Augen sehen.

   Lucienne setzt sich so, dass sie den Baum genau im Blick
hat. Sie betrachtet ihn. Sie kann nur immer wieder sagen:
»Wie schön! Wunderschön ist das!«

   Plötzlich bemerkt Henriette in etwas übertriebenem Ton:
»Aber unter dem Baum sind ja gar keine Geschenke, wie
dumm!«

   »Ach, stimmt ja!«, meint René. »Ich sehe auch keine Geschenke!«

   »Wie?! Keine Geschenke?«, ruft Gilbert dröhnend.

   Und um seinem Unmut Ausdruck zu verleihen, haut er
mit der Faust gegen die Trennwand.

   In dem Moment klopft jemand kräftig an die Tür.

Lucienne zuckt zusammen und wirft einen verstörten Blick in die Runde.

»Wer das wohl sein kann?«, fragt Juan.

»Kannst ja nachschauen gehen!«, antwortet Henriette.

Lucienne lacht etwas ängstlich. Gilbert geht öffnen.

Vor der Tür steht der Weihnachtsmann.

Ein stattlicher, großer Weihnachtsmann, durchgefroren und mit einem schneeweißen Bart bis über die Brust, einem schönen rot-weißen Anzug und schwarzledernen Motorradstiefeln. Ein wirklich prächtiger Weihnachtsmann mit den Armen voller Geschenke, der Gilbert beim Eintreten zuflüstert: »Verdammt, man friert sich hier einen ab!«

Und dann sagt er laut, mit tiefer Bassstimme: »Frohe Weihnachten alle zusammen!«

Lucienne sitzt ganz klein und zart auf ihrem Stuhl und schaut ihn an. Aber das Wort »anschauen« reicht nicht aus: Sie rührt sich nicht, sie atmet kaum, sie verschlingt diesen Riesenweihnachtsmann mit den Augen.

Und dem Weihnachtsmann wird auf einmal klar, in was für eine Welt er da geraten ist, und er kommt sich ungeschickt vor, nimmt viel zu viel Platz ein, wie er so vor den alten Leutchen mit ihrem verschwörerischen Lächeln steht. Und vor allem vor der winzigen Oma, die ihn an jemanden erinnert, jemanden mit einem ähnlich verschwommenen Blick. Der Weihnachtsmann räuspert sich und fragt mit plötzlich heiserer Stimme: »Äh … Wer ist denn hier Lucienne?«

Und Lucienne hebt den Finger, die Augen wie zwei Seen, sie wagt nicht, ihm zu antworten.

Die anderen lachen und machen Witze, um ihre Rührung zu verbergen.

Der Weihnachtsmann geht auf Lucienne zu und hält ihr das größte Geschenk entgegen, in blaues Papier verpackt und mit einer goldenen Schleife umwickelt. Er sagt: »Hier, das ist für dich.«

Lucienne steht mit offenem Mund da, sie ist ein einziges großes Lächeln. Sie rührt sich nicht.

Der Weihnachtsmann schwitzt. In dieser Bruchbude ist es zu warm, bestimmt ist seine Kehle deshalb so trocken. Auf einen solchen Abend wird er sich garantiert kein zweites Mal einlassen!

Ungeschickt legt er Lucienne das Päckchen auf den Schoß und wiederholt: »Das ist für dich.«

Sie schaut endlich auf ihr Geschenk hinunter. Sie möchte es aufmachen. Ihre Hände zittern. Henriette hilft ihr, das Band durchzuschneiden, den Schuhkarton zu öffnen. Lucienne schaut zu. Sie sagt: »Ooooh!«

Einen Moment später begleiten Juan und René den Weihnachtsmann zur Tür, sie siezen ihn und danken ihm laut und vernehmlich dafür, dass er bei dem Wetter bis hier heraus gekommen ist, dass er an sie gedacht hat …

An der Tür reichen sie Vince die Hand.

Juan flüstert: »Danke, Kleiner.«

»Ja, danke!«, schließt sich René an.

Vince räuspert sich, er weiß nicht, was er den beiden Alten antworten soll, die sich an ihr abdriftendes Floß klammern, ohne Horizont und ohne Ruder, die ihn »Kleiner« nennen und seine Schulter so fest drücken, wie sie es mit ihren spindeldürren Fingern nur können. Also sagt er nur: »Schon gut, keine Ursache, gern geschehen, danke auch …«

Als er seine Lolita startet, brennt ihm die Kälte in den Augen und lässt alles verschwimmen.

Seine Mutter ist sicher vor dem Fernseher eingeschlafen. Sie wird ihr schönes Kleid angezogen haben.

Er muss sich beeilen.

In der Hütte mitten auf der Baustelle starrt ein kleines Mädchen von neunzig Jahren immer noch auf die Tür und hält den ersten Teddybär ihres Lebens ganz fest in ihren Armen.

Teerose

M eine Mutter hatte dieses Haus wegen der Sonne, der Stille, der Nähe zur Stadt ausgesucht. Wegen des Luxus, allein, aber nicht isoliert zu sein. Und wegen seines dunklen, geheimnisvollen Gartens, in dem ihre vier Kinder in Ruhe spielen konnten. Vom ersten Stock aus hat man einen weiten Blick. Hügel in touristischem Blau und silbrigem Grün – der reinste Werbeprospekt. Die Zimmer sind gemütlich, der Holzboden knarrt ein wenig, wie es sich gehört. Im Erdgeschoss liegen alte, gewachste Terracottafliesen in einem schönen, rissigen Rot.

Schon im Mai ist es heiß.

Sie liebte die Hitze sehr.

Hier geht das Leben seinen ruhigen Gang, es erscheint leicht. Ein paar vorbeifahrende Autos. Das Zwitschern der Stare. Musik, die sich in weiten Schlieren in der Luft ausbreitet, wie Pfefferminzsirup in einem Glas Wasser.

Ich habe lange in diesen Wänden gelebt. Ich fühle mich darin nicht fremd, im Gegenteil, eher zu sehr zu Hause. Die Vergangenheit tut mir weh und schenkt mir Licht, sie ist eine schonungslose Sonne. In dem Haus finde ich überall Spuren meiner Mutter: Gegenstände, Farben, Bilder. Lauter kleine Dinge, die das Gedächtnis über Wasser halten.

Die Spur dort auf dem Fliesenboden, ein langer, abgesplitterter Streifen – da hat sie einmal einen gusseisernen Kochtopf fallen lassen. Den grün emaillierten, glaube ich.

Die blaue Vase da haben wir zusammen auf einem Trödelmarkt gekauft. Als wir aus dem Auto stiegen, hielt sie sie in den Armen, als wäre sie eine Ming-Vase.

Ich habe ihr geholfen, den Pflaumenbaum zu pflanzen.

Den Lehnsessel dort habe ich ihr von meinem ersten Übersetzungshonorar geschenkt. Sie hat ihn später neu beziehen lassen, mit rot-gelb gestreiftem Samt.

Und all die russischen Romane in dem großen Regal, die verdanke ich ihr.

Jetzt ist sie nicht mehr da. Schon seit vier Jahren. Das kann ich überall auf der Welt akzeptieren. Nur *hier* nicht. Hier kann ich mich nicht damit abfinden. An manchen Tagen fühlt sich das Haus, in dem ihre Schritte nicht mehr widerhallen, wie ein Verrat an. Orte sollten auch sterben. Verschwinden. Nicht mehr als leere Theater für künstliche Erinnerungen herhalten. Man müsste auch die Gärten auslöschen, sie sollten sich in Luft auflösen. Die Gegenstände sollten in Rauch aufgehen, sich in Nebel verwandeln. Man sollte ohne Wurzeln weiter durchs Leben gehen, aufs Geratewohl.

Man sollte als Erster sterben.

Sie ist so schnell gegangen. So früh, sie war gerade erst siebzig. Es war ein schöner Tod, im Schlaf.

Denen, die mich mit ihren Tränen überschütten wollten, hätte ich am liebsten gesagt: »Bedauert sie doch nicht, sie hat Glück gehabt.«

Die Hinterbliebenen weinen oft über sich selbst. Das weiß ich, ich habe auch über mich selbst geweint. Über mich, die ich ohne sie hilflos, ratlos war. Denn selbst wenn ich glaubte, mich ein wenig vorbereitet zu haben – man kann sich die Leere und die Abwesenheit, den unendlichen Schmerz, wenn das Ende kommt, einfach nicht vorstellen.

Tagelang, monatelang habe ich den Schmerz verdrängt, getan, als ob.

Als ob es nicht wehtun würde, solange man nur nicht darüber redet. Ich ertrug die Vorstellung nicht, ihr Lächeln, ihre Augen nie wieder zu sehen. Nicht mehr denken zu können: »Ach, ich rufe Mama an und frage sie, was sie dazu meint. Ich könnte sie doch am Wochenende mal wieder in Les Tonnelles besuchen.«

Sie ist gegangen. Das muss ich akzeptieren und Glück in der Erinnerung finden.

Wenn ich Ruhe brauche, komme ich hierher. Das Haus ist ein bisschen baufällig. Ich mag den verwilderten, wuchernden Garten. Man müsste ihn ein bisschen lichten, den halbtoten Kirschbaum fällen. Und die alte Robinie ganz hinten, die dem Pflaumenbaum die Sonne nimmt. Das Grundstück endet im Norden mit einer hohen, mit Doldenreben bewachsenen Mauer. Im Süden mit einer dichten, ungleichmäßigen Hecke, einem Gewirr von Oleander und Zypressen.

Vorne trennt uns nur ein niedriges Steinmäuerchen von der Straße.

Aber dahin gehe ich nicht.

Und dicht hineingewoben, in Kreuzstich über dieses ganze Netzgewebe gestickt: der Nachbar. Oder vielmehr seine Stimme.

Ich höre ihn ununterbrochen reden, auf der anderen Seite der Hecke. Im Winter habe ich nicht darauf geachtet. Es war kalt, ich blieb nie lange draußen. Erst als die schönen Tage kamen, nahm ich das leise Geflüster, die erstickten Seufzer wahr.

Man darf mich nicht stören. Ich arbeite gerade an einer schwierigen Übersetzung, einem russischen Roman. Ich bekomme ihn nicht recht in den Griff. Ich weiß nicht warum, aber seit letztem Winter bekomme ich nichts mehr in den Griff. Egal was. Mein Leben fühlt sich an wie Seife.

Alles löst sich auf, wird zu Schaum, zu Seifenblasen, und übrig bleiben schmierige Reste.

Wenn ich übersetze, pause ich nicht ab, ich interpretiere. Ich ziehe den Puppen, die man mir leiht, schöne Kleider an. Ich mag das Übersetzen. Ich liebe es. Nur zwingt es mich dazu, die Vorhänge zuzumachen, mich von der Außenwelt abzukapseln. Ich vergesse darüber zu essen, zu trinken, zu pinkeln und alle anderen körperlichen Bedürfnisse. Natürlich schlägt mich nicht jeder Text in seinen Bann! Die Sprache muss in meinen Ohren singen. Muss wie Musik klingen. Muss mich mitreißen, davontragen.

Aber bei diesem hier bekomme ich keine Gänsehaut, verspüre keinen Kitzel. Ich arbeite wie ein Sträfling, ich schlage meine Hacke in hohle Gänge und stoße nicht auf die kleinste Goldader. Ich bin ein Goldsucher, der kein Körnchen findet. Ich plage mich mit diesem schlechten Text ab, der an allen Ecken und Enden leckt und nach Schweiß riecht.

Der Autor versucht sich an unverblümten Wörtern. Aber dazu ist er zu gut erzogen. Und er geizt mit Synonymen. Er schreibt im Sparmodus.

Schon zum zwanzigsten Mal kommt er mit dem Verb »lieben« daher, er ist davon besessen. Nicht das Verb mit einem rosa i-Punkt. Er gebraucht es auf die andere Art. Eher als ein Verb mit Schamhaaren.

»Wie ich dich lieben werde, Natascha!«
»Oh ja, ja! Boris, liebe mich …!«
Was soll's, ich werde dafür bezahlt.

Ich produziere Stapel von Entwürfen, die beim geringsten Luftzug einstürzen. Die den Hof mit Strandgut bedecken, mit toten Fischen, Bauch nach oben. Ich mache Versuche.

Die Datscha war warm wie das Geschlecht einer Frau. Was soll ich damit anfangen? Was wird von mir erwartet? Tut mir leid, ich heiße nicht Lourdes und kann keine Wunder bewirken.

Die Datscha war warm wie das Geschlecht einer Frau. Aber klar doch, sicher.

Was für ein Quatsch.

Und während Boris und Natascha in ihrer feuchten, dunklen Datscha vögeln, glänzt hier der Himmel über dem Dach, so blau, so still. Mein Tee ist fast kalt. Und meine Arbeit geht nicht voran.

Und wenn dann nebenan auch noch gemurmelt und herumgeraschelt wird, wenn meine Hecke sich mit Geflüster füllt, dann wird es allzu schwierig. Ich gebe auf. Ich spüre, wie ich dichtmache. Ich sauge mich mit Lauten, Düften, Bewegung voll. Ich bin ein Löschblatt, ein Schwamm, nichts mehr sonst.

Schon als ich klein war, war ich darin Spezialistin. Ein Spatz in der großen Kastanie, eine Katze im Hof, die Concierge in der blauen Kittelschürze, eine Flugzeugspur wie eine Narbe am Himmel, und das war's. Ich streckte die Nase in die Luft und kaute auf meinem Bleistift herum. Ich liebte den leichten Widerstand, den er zwischen meinen Schneidezähnen bot, dieses winzige Bersten, wenn das Holz nachgibt, und vorher noch die Lackschicht. Farbige Fetzchen blieben auf meinen Zähnen zurück, von der Spucke festgeklebt. Ich kaute nicht unkontrolliert auf dem Stift herum, ich dekorierte ihn mit regelmäßigen Kerben, in Abständen, die meine forschende Zunge genau abmaß. Ich war weit weg. Die Lehrerinnen lösten sich in einem großen Schwall müßiger Worte auf, und wenn sie mit ihren Erklärungen fertig waren, verstummten ihre säuerlichen oder spitzen Stimmen.

Federn, die übers Papier glitten, Seufzer, undeutliche Klagen, die sofort abgeschmettert wurden: »An die Arbeit jetzt!«

Die Stille riss mich aus meinen Träumen, warf mich plötzlich in die Realität zurück: Es musste multipliziert und dividiert werden, und die anderen hatten schon angefangen. Ich kam gerade erst von meiner Reise zurück und war nicht auf dem Laufenden. Ich war abgehängt.

Seit ich hier angekommen bin, verbringe ich meine Tage in Schlabber-T-Shirt und Unterhose.

Ich esse nur, weil man essen muss. Egal was, Joghurt, Müsli, Käse oder Schokolade, und das alles wird mit literweise schwarzem Tee heruntergespült. Die Zeit vergeht und stößt mich mit der Nase darauf, indem sie mir ihre Spuren offenbart. Der Zeiger, der sich auf dem Ziffernblatt dreht, der Staub, der sich auf dem bleichen Schnitt der Bücher absetzt. Das Obst im Weidenkorb, das fleckig und schrumpelig wird. Das Brot, das langsam vertrocknet. Diese tote Zeit, die unerbittlich aus meinen Ersparnissen schöpft.

Ich zwinge mich nur zu wenigen Pflichten.

Geschirrspülen am Abend. Ich ertrage es nicht, wenn der Tag mit dem Anblick von schmutzigem Geschirr beginnt. Fettige Gabeln. Schälchen mit angetrocknetem Müsli. Tassen, in denen der seit dem Vorabend verdunstete Tee einen nussbraunen Fleck mit einem hartnäckigen schwarzen Saum hinterlassen hat.

Das Frühstück – ich zwinge mich, langsam zu essen, ohne auf meinen ungeduldigen Fuß zu achten, der unablässig den Takt schlägt, ebenso wenig wie auf meine Hand, die unwillkürlich das Brot zerkrümelt, und auf den Drang, vom Tisch aufzustehen, zu gehen, zu fliehen.

Die Morgentoilette. Mal sorgfältig, mal oberflächlich. Aber immerhin täglich.

Die Fenster weit öffnen.

Dann eine Stunde spazieren gehen und dabei vermeiden, auf den Weg mit seinen Steinen zu starren. Mich zwingen, den Kopf zu heben. Mit meinen kurzsichtigen Augen in das unscharfe Graublau der Ferne blicken. Mich ab und zu umdrehen, um den zurückgelegten Weg zu betrachten. Was ich verlasse, was ich hinter mir lasse.

Auf dem Rückweg mache ich beim Lebensmittelladen halt. Kaufe eine Baguette. Etwas Obst.

In meiner Wohnung, meinem funktionalen Käfig, stieß ich gegen die Wände und drehte mich im Kreis oder betäubte mich mit stumpfsinnigen Beschäftigungen. Ich bauschte die Leere auf und tat so, als wäre ich ein vielbeschäftigter Mensch. Seit ich hier angekommen bin, verzichte ich auf allen Lärm. Auf Fernsehen, Radio, Musik. Ich habe ein Arbeitszimmer wie eine Mönchszelle, nichts kann mich von meiner Untätigkeit ablenken. Ich stelle mich ihr. Ich will wissen, wie weit die Leere reicht, wie weit mich das Nichts verschlingen kann.

Ich tue fast nichts. Ich drehe nur regelmäßig meinen Stuhl weiter. Wie eine struppige Sonnenblume mit langen, mageren Schenkeln biete ich der Sonne die Stirn. Ich bin träge wie ein Faultier, alles braucht viel Zeit, alles muss berechnet werden. Bevor ich mir neuen Tee mache, warte ich, bis ich aufs Klo muss. So muss ich nur einmal aufstehen. Die Stunden vergehen, der Tag verrinnt. Und mein Knäuel wickelt sich ab, ohne dass etwas Gestricktes dabei herauskommt. Die Übersetzung geht nicht voran. Ich verzettele mich und weiß es genau.

Am Abend werde ich noch langsamer. Am liebsten möchte ich rückwärts leben. Ich zögere das Schlafengehen hinaus, wie früher, als ich noch klein war.

Meine Nächte sind wie die eines Nagetiers.

Dabei mag ich Betten und alles, was dazugehört. Federbetten und Kopfkissen, leichte Baumwolllaken, flauschiger Flanell, Daunendecken, Tagesdecken. Ins Bett gehen ist immer eine Freude.

Ich strecke mich mit einem Seufzer aus. Ich lasse mich durch laue Bilder treiben und dämmere langsam ein. Ich träume schon, alles ist gut. Aber nicht lange. Mit einem Schlag bin ich wieder wach. Unnötig, auf die Uhr zu schauen: Es ist zwei Uhr morgens. Ich öffne die Augen und sehe undeutliche Lichtschimmer, Fenster- und Türrahmen, etwas heller. Ich höre mich atmen, ich komme zu mir, schlüpfe wieder in meine Haut, in meine Seele.

Die Gedanken wirbeln. Alles rauscht vorbei. Das Echte, das Falsche. Die Vergangenheit, die Gegenwart. Die Zukunft, die in diesen Stunden, ich weiß nicht warum, immer bedrohlich ist. Der Wassertropfen, der sich ewig erneuert und in mein Waschbecken fällt, hämmert. Die Blutuntersuchungen meiner Schwester. Die Ergebnisse verheißen nichts Gutes, wie es scheint. Und meine Söhne, die, und mein Leben, das.

Ich wälze mich hin und her. Ich kämpfe mit meinem Kopfkissen. Ich versuche, den Faden des Traums wiederzufinden. Ich mache mich schwer. Ich kauere mich zusammen, um weniger Platz zu brauchen, um die feindselige Matratze zu täuschen, der ich meine Spur einprägen möchte, die jedoch Widerstand leistet, die mich zurückweist. Die sich in Wellblech verwandelt. Ich möchte mich in einer Gebärmutter einnisten, mich vergessen. Verschwinden. Dahin zurückkehren, wo ich herkomme. Es ist zwecklos, mein Bett

wird zu einem wahren Schlachtfeld. Ist zum Feind über-
gelaufen, verkauft sich an die Schlaflosigkeit. Also kapitu-
liere ich und stehe schließlich auf.

Ich ziehe mich aufs Geratewohl an, Nacktsein ist mir unangenehm. Es macht mich verletzlich, ängstlich. Ich habe
Angst, mir an Möbelecken, an dem rauen Putz Schrammen
und Kratzer zu holen. Ich habe empfindliche Haut, jede
Kleinigkeit hinterlässt Spuren, blaue Flecken. Ich bin auch
kälteempfindlich. Und ganz steif. Ich ziehe blindlings Pulli,
Unterhose, Socken, im Winter eine dicke Jacke an. Ich
schütze mich, Haut und Haar, mit einer Rüstung aus meh-
reren Schichten, Wolle und Baumwolle übereinander. Im
Sommer reicht ein T-Shirt, aber *gut verhüllend*, wie meine
Mutter gesagt hätte. Ich bin eine ausgemergelte Eva. Eine
magere, eingemummte Venus.

Dann gehe ich hinunter. Ich kenne die Schatten auswendig, die Biegung des Flurs, die leichten Unebenheiten der
Fliesen auf den Treppenstufen, den Platz der Lichtschalter.
Ich könnte im Dunkeln leben, ich weiß, wo die Türen, wo
die Wände sind, so gut wie eine Blinde. Im Übrigen mache
ich oft erst unten in der Küche Licht an.

Nachts verwandelt sich das Haus, es wird ganz anders.
Seine Stille ist anders. Es nötigt mich zu Diskretion, wie eine
Kirche, wie ein Museum. Ich bewege mich ganz vorsichtig.
Dabei würde ich niemanden stören, wenn ich Lärm machte.
Niemanden – ich bin allein. Aber es ist so. Ich gehe auf Ze-
henspitzen. Ich mache mir einen Kräutertee. Ich setze mich
auf einen Stuhl, drücke den Rücken gegen die Holzlehne.
Mir gegenüber der große Steinbogen zum Wohnzimmer,
dann die Glastür zum Garten hinaus, der in diesen nächt-
lichen Stunden nicht zu erkennen ist.

Ich lese, die Stirn in die rechte Hand gestützt. Die linke hält mit einem Finger das Buch geöffnet.

Erst viel später lege ich mich wieder hin, gegen fünf oder sechs Uhr morgens, wenn mein Bett und ich uns versöhnt haben. Dann sinke ich tief in mich hinein, vor Müdigkeit erschöpft. Und entfliehe mir selbst.

Ich schlafe still und leise ein und bin mich endlich los.

Heute Morgen bin ich spät aufgestanden nach einer schlaflosen Nacht, weder schlimmer noch besser als die anderen. Ich machte die Fensterläden auf. Und da sah ich ihn.

Er stand reglos mitten im Garten. In seiner ganzen Haltung lag etwas Verletzliches, Aufmerksames. Ich dachte: »Ein Wiedehopf, er sieht aus wie ein Wiedehopf.«

Das dachte ich natürlich nicht so deutlich. Nicht so klar formuliert. Aber ich spürte genau, wenn ich mich zu plötzlich bewegte, bekäme er Angst. Er würde einen Schrei ausstoßen oder versteinern. Also unterbrach ich meine Bewegung. Ich hakte die Fensterläden nicht einmal an der Wand fest. Im Gegenteil, ich zog sie wieder zu mir heran, ganz vorsichtig, bis auf einen schmalen Spalt, durch den ich die Allee, die Seidenakazien, den Rasen sehen konnte. Und ihn, neben dem weißlackierten Metalltisch.

Ich war ratlos. Etwas benebelt auch, denn ich bin morgens nie gleich wach.

Was tat er da? Wo kam er her? Wie war er in meinen Garten eingedrungen?

Ich war nicht verärgert. Auch nicht beunruhigt. Einfach nur überrascht.

Er schien in die Betrachtung meiner Rosenbüsche versunken zu sein. Sie sind dieses Jahr besonders prächtig. Meine Mutter hat sich immer mit größter Sorgfalt um sie gekümmert. Daran erinnern sie sich und blühen deshalb trotz allem Jahr für Jahr so schön weiter.

Ich blieb eine Viertelstunde in meiner Deckung, eine Voyeurin im Schlafanzug, barfuß, das Auge an die Beobachtungsscharte gedrückt. Er bewegte sich wenig. Ein, zwei kleine Schritte, ein Nicken, fast nichts.

Dann blieb er erneut stehen und verharrte regungslos.

»Also gut, ich gehe hin. Jetzt gehe ich hin.« Ich zog mich hastig an. Plötzlich hatte ich Angst, er könnte weglaufen. Das wäre wirklich zu dumm. Ich stellte mir meine Enttäuschung vor: Ich würde die Treppe hinunterrennen, die Fensterläden unten öffnen, zu spät: Er wäre verschwunden, hätte sich verflüchtigt. Dann könnte ich nur noch meine Zweifel hin und her wälzen, mich fragen, ob es sich um eine Erscheinung, eine Fata Morgana gehandelt hatte oder nicht.

Als ich in den Garten hinaustrat, war er noch da. Ich ging lächelnd auf ihn zu.

Mit ruhiger Stimme, als wäre seine Anwesenheit völlig normal, sagte ich: »Guten Tag. Kann ich etwas für Sie tun?«

Er blickte auf. Und antwortete mit der größten Selbstverständlichkeit: »Ihre Rosen sind wunderschön.« Dann: »Ich glaube, ich habe mich verirrt.«

Er stellte eine Tatsache fest, mehr nicht. Ich musterte ihn, aber nicht zu eindringlich, um ihn nicht in Verlegenheit zu bringen. Er hatte blassblaue, verwaschene Augen. Er musste um die fünfundsiebzig sein. Jedenfalls nicht viel älter. Etwa im Alter meines Vaters und meiner Tante Clotilde. Sie sind Zwillinge.

Ich erkannte bei dem Mann den gleichen Elfenbeinton der Haut wieder, das äscherne Weiß des Haars. Den offenkundigen Verschleiß des Körpers, der aber noch einen Rest von

Haltung bewahrt, eine Erinnerung an Würde. Nur eine Patina und ein paar Kratzer, wie jene Spuren im Holz, die alten Möbeln ihren Charme verleihen. Die Gestalt leicht gebeugt. Eine unpräzise Art, sich zu bewegen. Nicht tatterig, aber unsicher.

Ich nahm die Gartenschere vom Tisch und schnitt eine gerade erblühte Rose ab.

Ich entfernte sorgfältig die Dornen von ihrem Stiel und reichte sie ihm: »Hier, die ist für Sie.«

Er hielt sie sich unter die Nase und schloss einen Moment die Augen. Er sagte: »Ach, die Rosen …! Die Rosen …«

Dann fügte er liebenswürdig hinzu: »Sie sollten sich jetzt kämmen gehen …«

Ich reagierte wie ein dummes Mädchen: Ich fuhr mir mit den Fingern wie mit einem Kamm durch den Haarschopf. Ich hatte die reinste Kopfkissenfrisur. Verlegen nahm ich meine Hand schnell wieder herunter. Ich wurde rot.

Es war absurd. Ich beschloss, nicht auf seine Bemerkung einzugehen. Noch mal von vorn anfangen, in aller Ruhe.

»Sie erinnern sich nicht mehr, wo Sie wohnen? Ist es das?«

Er senkte den Kopf und wirkte verstimmt, irgendwie trotzig. Er deutete eine gereizte, schwer zu übersetzende Gebärde an. Ein Beben der Fingerspitzen, das bedeuten konnte: *Was macht das schon?*, oder: *Lassen Sie mich damit in Ruhe …* Dann nickte er, als treffe meine Frage tatsächlich einen ernsten, wesentlichen Punkt. Er ging ein paar Schritte die Allee entlang und konzentrierte sich.

Schließlich wandte er sich mir wieder zu und sagte: »Ich erinnere mich sehr gut an den Ort, wo ich wohne. Sehr gut. Ich habe nur den Weg vergessen, um dahin zurückzukommen. Nur den Weg, das ist alles. Das ist doch nicht so schwierig zu verstehen!«

Ich spürte wohl, dass dies ein Vorwurf war.

Ich erwog schon verschiedene Möglichkeiten. Die Feuerwehr anrufen? Die Polizei? Durchs Viertel laufen, bei den Nachbarn klopfen? *Haben Sie nicht zufällig einen alten Herren verloren …?*

Ich kenne hier niemanden. Ich habe meine Nachbarn übrigens nie gekannt, nirgends. Ich bin scheu. Ich mag die Menschen nicht besonders. Ich glaube, das beruht auf Gegenseitigkeit.

Ich war gerade an diesem Punkt in meinen Überlegungen angelangt, als es an der Tür klopfte. Ein direktes, freimütiges Klopfen, laut, aber ohne Übertreibung. Kein Faustschlag, dass die Wände wackeln. Auch kein klägliches Kratzen wie von einem Hund, der hereinwill. Ich sagte: »Entschuldigen Sie, ich komme gleich wieder …«

Er lächelte mit gleichgültiger Miene. Es war ihm ganz offensichtlich egal.

Ich ging zur Tür und machte auf. Vor mir stand ein Mann, etwa fünfzig Jahre alt. Groß und eher kräftig.

»Guten Tag. Entschuldigen Sie die Störung, aber ich glaube, er ist bei Ihnen.«

Nicht: *Ich suche meinen Vater*, oder *meinen Onkel*. Nein, nur: Ich glaube, *er* ist bei Ihnen.

Ich antwortete, ohne zu zögern: »Ja, in der Tat, er ist im Garten. Folgen Sie mir, ich führe Sie hin.«

Ich hörte ihn hinzufügen: »Ich denke, er ist durch die alte Tür gekommen, wissen Sie, ganz hinten in Ihrem Garten. Ich wohne nebenan, unsere Gärten grenzen aneinander, aber ich dachte, dass diese Tür fest verschlossen ist.«

»Anscheinend nicht. Obwohl ich auch davon ausgegangen bin.«

Ich sah ihn nicht an, als ich das sagte. Ich hatte nicht die geringste Lust, dass er mich seinerseits anschaute. Meine Haare standen zu Berge, ich war nicht richtig angezogen, noch nicht gewaschen. Ich war schmutzig, abstoßend.

Er musste gehen. Und dieser alte Mann auch. *Gehen Sie weg.*

Ich kehrte ihm den Rücken zu und lief mit großen Schritten in den Garten, vor lauter Angst, dass er mich einholte. Vor Angst, dass er den Blick schweifen ließ und die Unordnung bemerkte, die Decke auf dem Boden, die Krümel auf dem Tisch, das Chaos in der Küche. Das Innere meiner Höhle.

Als der alte Mann ihn sah, leuchtete sein Gesicht auf.

»Patrick?«

Der Mann lächelte: »Na, Papa, bist du im falschen Garten gelandet?«

»Ach, ich bin doch wirklich unverbesserlich …«

»Also, gehen wir nach Hause, ja?«

Ich sah, wie der Sohn auf den Vater zuging, er vollführte eine geschmeidige Volte, um ihn sanft in die richtige Richtung zu lenken. Ein Schäferhund, der ein ausgerissenes Schaf zurück zur Herde treibt, leise und ohne zu beißen.

Als er an mir vorbeiging, sagte der Sohn: »Ich danke Ihnen.« Dann: »Ich komme im Laufe der Woche einmal vorbei.«

Er fragte nicht, ob es mir recht wäre, wenn er wiederkäme, und nicht einmal, um welche Uhrzeit es mir passen würde. Er käme vorbei, Punkt, aus. Wozu? Keine Ahnung. Das würde ich schon sehen.

Ich schaute ihnen neugierig nach. Der alte Herr hielt seine Rose mit den Fingerspitzen in der ausgestreckten Hand, wie ein verliebter Jüngling. Ich hörte, wie er am Gartentor noch einmal sagte: »Ach, die Rosen …!«

Dann waren sie weg. Und ich wusste jetzt, wer in meiner Hecke vor sich hin murmelte. Ein durchgeknallter Alter.

Ein paar Tage später kam der Sohn wieder. Ich war gerade im Garten und kümmerte mich um die Rosen. Ich sah ihn plötzlich auftauchen. Er war durch das alte Eisentor gekommen. Er hatte den Garten in seiner ganzen Länge durchquert und stand jetzt mitten auf meinem Territorium.

Ich hasse es, wenn man mich überfällt, wenn man unbefugt meine Grenzen übertritt, ich fühle mich sofort enteignet, meine Welt zieht sich zusammen, verliert ihren Wert, sie ist beschmutzt, vom Besatzer geschändet. Dann verschließe ich mich, schütze mich, werde feindselig. Ich bin scheu, wie ich schon sagte.

Das muss er gespürt haben, denn er entschuldigte sich für seine Unhöflichkeit.

»Aber ich musste Sie sehen ...«, fügte er sofort hinzu.

Und danach, ich weiß auch nicht.

Mit manchen Leuten erscheint alles leicht. Sie lassen mit einem Lächeln und ein paar Worten die Wüste erblühen. Sofort entsteht eine Vertrautheit, eine Nähe, etwas Selbstverständliches.

Er wollte mir von seinem Vater erzählen. Er tat es mit einfachen Worten, vertrauensvoll, als würden wir uns schon lange kennen, von klein auf. Und das Bild dieses alten Mannes beschwor das meiner Mutter herauf, ganz ohne Schmerzen. Ich stand im Garten neben den Rosenbüschen und sah sie vor mir, mit ihrem albernen, rührenden großen Strohhut, ihren etwas zu großen Gartenhandschuhen, ihrem weißen Kleid.

Was er mir über seinen Vater erzählte? Ich erinnere mich nicht mehr genau: Das Alter, die Krankheit, dass er verwitwet war, andere Dinge ...

Er sprach sehr sanft von ihm. Sehr sanft, das trifft es. Nicht wie von einem Kind, für das er zu sorgen hätte. Er behandelte ihn nicht wie ein Baby, auch wenn er sagte: »Ich darf ihn nicht aus den Augen lassen. Er vergisst Dinge, hat manchmal Absenzen, er verirrt sich.«

Alzheimer?

Ich habe die Frage nicht gestellt. Ich wollte es lieber nicht wissen.

Man muss Leiden nur benennen, und schon nehmen sie allen Raum ein. Schon verschwinden die Menschen hinter ihnen. Man wird zu einem Diabetes, einer Osteoporose, einem Tumor. Zu einer Diagnose.

Einer Prognose.

Er erklärte mir, er habe das Haus nebenan erst vor kurzem gekauft, er lebe seit einem halben Jahr darin.

»Und Sie, Sie sind nicht oft hier, oder?«

»Nein, ich komme nur ab und zu. Es war das Haus meiner Mutter.«

Da er mich nichts fragte, erzählte ich ihm von ihr. Nicht lange. Man darf nicht von mir verlangen, von Dingen zu reden, die mir nahegehen. Dann weiche ich aus. Das ist meine Art, dem Kummer aus dem Weg zu gehen.

Sein Vater heißt Pierre, er war früher Geigenbauer.

»Mein Vater hat zwei Leidenschaften, die Musik und die Rosen. Wenn er sich verläuft, suche ich die Gärten ab. In der Stadt musste ich ihn auch in allen Musikhandlungen suchen ... Hier ist es für mich viel erholsamer ...!«

Ich lachte.

»Ich möchte so lange wie möglich mit ihm zusammenbleiben. Ich bin mir sicher, dass Sie mich verstehen ... Tut mir leid, dass er so bei Ihnen eingedrungen ist ... und ich genauso! Ich werde die Tür hinten im Garten reparieren, er wird Sie nicht mehr belästigen, das verspreche ich Ihnen.«

Ich pflückte zwei schöne Rosen. Teerosen. Ich sagte: »Das waren die Lieblingsrosen meiner Mutter.« Und ich zitierte das Gedicht, das sie immer zum Besten gab:

»Die zarteste unter den Rosen
ist gewiss die Teerose …«

Und er fuhr spöttisch fort, mit etwas Emphase, wie ein Schauspieler der alten Schule:

»Sie gleicht einer weißen Rose,
deren Wangen vor Scham erblühen,
weil ein neckischer Schmetterling
sie umflattert in Liebesglühen …«

Er lachte nun auch: »Mein Vater und Ihre Mutter hätten wohl ein paar Gemeinsamkeiten gehabt … Was hat er mir mit solchen romantischen Gedichten in den Ohren gelegen, als ich noch klein war! Ich habe sie dutzendweise zu hören gekriegt!«

»Ich habe auch eine Menge davon gelernt … Bei Gelegenheit können wir mal einen Wettbewerb veranstalten, wenn Sie wollen.«

Ich gab ihm die Rosen.

»Die sind für Pierre«, sagte ich. »Und lassen Sie die Gartentür, wie sie ist.«

Ihr Vater

*I*hr Vater ist im Altenheim. Er geht auf die neunundachtzig zu.

Sie hat Angst, ihn wiederzusehen. Sie findet ihn jedes Mal
ein bisschen schwächer. Er baut ab, er löst sich auf, in winzigen, kaum merklichen Schritten. Seine Haut vergilbt, wird
zu Pergament. Jetzt sind fast ihre letzten gemeinsamen Tage
da. Die Zeit, einander zu lieben, wird knapp.

Aber sie besucht ihn. Und wenn sie wieder geht, hat sie
Bilder von Tierheimen, von Aussetzen, von schäbiger Flucht
vor Augen. Sie weiß ja, dass es so nicht ist. Sie weiß, dass
er nicht bei ihr zu Hause wohnen könnte, in ihrer Zweizim-
merwohnung ohne Balkon im vierten Stock. Und wenn sie
arbeitet, wäre er dort allein, ganz allein. Es geht nicht anders.

Sie möchte nicht leiden, sie möchte diese dummen, sinnlosen Gewissensbisse nicht haben. Trotzdem, wenn sie wieder
geht, fühlt sie sich feige. Sie vertraut ihn den Pflegerinnen
an, die ihr versichern, es sei alles in Ordnung. Aber sie weiß,
dass das nicht stimmt.

Sie geht schneller. Sie weint im Auto. Und dann nimmt
das Leben wieder seinen Lauf.

Jedes Mal, wenn sie ihn besucht, hält sie sich vorher selbst
einen Vortrag.

Sie sollte ihm viel mehr Zuneigung zeigen. Sie ihm rück-
haltlos schenken. Alles ausgeben, wie man es mit dem übrigen fremden Geld tut, bevor man eine Grenze überschreitet.

Wozu sich mit unnützen Reichtümern belasten? In Sachen Liebe sollte man nicht sparen.

Sie hat ihren Vater gern, und je älter er wird, desto mehr mischt sich in ihre Zuneigung noch ein anderes Gefühl, das schwer zu greifen ist. Etwas Mütterliches, so kommt es ihr vor.

Alte Leute haben sie schon immer gerührt. Sie sind verletzlich, ergreifend. Sie sind bei ihren allerletzten Schritten, ihren allerletzten Worten angekommen, und das berührt sie.

Sie hat Mitleid mit ihnen und ihren zitternden Händen. Mit ihren zögernden, ungeschickten Bewegungen. Sie sieht sie wie lebendige, kostbare Fossilien, wie arme Elefanten. Sie möchte ihnen ihre Bürde abnehmen. Ihnen helfen, diese Last von totem, morschem Holz zu tragen, zu der ihr Körper geworden ist.

Sie sieht ihre Hilflosigkeit angesichts der kleinen Vorfälle des täglichen Lebens – ganz wie bei kleinen Kindern. Aber da hört die Illusion auch schon auf: Die alten Leute werden nicht stärker werden. Im Gegenteil, ihre Abhängigkeit ist unwiderruflich, und das Licht wird weniger.

Sie würde sie so gern beruhigen können. Aber was für ein Licht könnte sie anzünden, um die Nacht fernzuhalten, die sie langsam umzingelt?

Vor allem die Allerältesten machen sie traurig. Die so verbraucht sind, dass ihre Adern unter der trockenen, dünn gewordenen Haut durchscheinen. Augen, in denen erstarrte Tränen stehen, die nie über die blassen Wangen hinabrollen. Sie kauern sich zusammen, rollen sich immer mehr ein, wie alte Gürteltiere. Sogar ihr Lachen ist blutleer. Man müsste sie in den Armen wiegen, ihre Hand streicheln, sie über den Schmerz zu sterben hinwegtrösten. Man müsste sie liebkosen. Ihnen freundliche Worte ins Ohr flüstern und ihre zerbrechlichen Schultern massieren, an den eckigen Stellen, wo kein Fleisch mehr ist. Wo die Haut über den vorspringenden, spitzen Knochen spannt.

Sie hat Mühe, aus sich herauszugehen. Es fällt ihr schwer, eine spontane Verbindung herzustellen. Sie muss sehr tief, sehr weit in sich danach graben. Und wenn sie sie schließlich findet, fühlt sie sich unbeholfen.

Ihre Liebe kommt immer zur Unzeit, und das nimmt sie sich übel.

Ihr Vater vergisst die Gegenwart und die unmittelbare Vergangenheit. Das ist keine Krankheit, nur das hohe Alter. Nur ein paar Jahre, nur ein bisschen Kalenderzeit zu viel. Und sein Leben wird nach und nach weggewischt, ausradiert. Langsam verstreut.

Man hat ihn ausgewechselt, er ist nicht mehr er selbst, dieser abwesende Mann, der sich lange in der Betrachtung der Bäume auf der Straße verliert, durch die Fenster hindurch.

Sein Blick, wenn sie zu ihm kommt – das ist alles, was wirklich überlebt.

Er verliert seine Worte, sein Gedächtnis ist verworren, sein Körper versteinert.

Nein, das ist nicht mehr der, der mit seinem Lachen die Wände zum Wackeln brachte, der mit ihr herumalberte wie ein großer Junge, als sie zwölf oder dreizehn war.

Er ist ein wehmütiges Gespenst, das ohne rechte Überzeugung lebt, allein, traurig und still.

Sie, die gerne ununterbrochen redet, kann, wenn sie bei ihm ist, nur noch schweigen, ein paar belanglose Worte sagen. Sie weiß nie, was sie ihm erzählen soll, was ihn zerstreuen könnte.

Er lächelt sie an. Erzählt ihr von ihrer Mutter, von sich.

Eine Erinnerung taucht auf, dann eine andere. Es sind oft die gleichen Anekdoten, die wiederkehren. Alte Geschichten.

Dann, langsam, fällt der dunkle Schleier wieder.

Sie muss vor dem Mittagsschlaf gehen, dieser täglichen Übung für den Tod. Beim Aufwachen, das weiß sie, entfliehen ihm die Worte, sie entziehen sich seinem Zugriff. Das Schlafen ruht ihn nicht mehr aus, es macht ihn leer, laugt ihn aus.

Sie beruhigt ihn, beschützt ihn. Sie tut, als würde sie nichts sehen. Und dann ist er es, der protestiert, ungehalten über diese Gedächtnislücken, in denen die Vergangenheit versinkt wie in bodenlosen Abgründen.

Sie suchen zusammen nach dem flüchtigen Wort, dem abtrünnigen Ausdruck. Manchmal lachen sie natürlich darüber. Aber sosehr sie sich auch anstrengen, es ist vergebens.

Ihr Vater kämpft immer weniger, ihm fehlt die Kraft oder er gibt auf. Er ist müde.

Das Altern ist ein zu langer Weg.

Es ist eine Sackgasse.

Vic

Dieser verfluchte Hund ist schon wieder weg.

Georges hatte in allen Tonlagen geschrien: »Vic!«, aber der Bastard war tatsächlich abgehauen. Das Gartentörchen war nicht richtig zu gewesen. Bestimmt der Briefträger. Dieser unfähige Idiot!

Georges wütet. Georges tobt. Er knallt Türen zu, läuft hinaus, herein, kommt und geht wieder. Als hätte er nichts anderes zu tun, als hinter diesem Mistvieh herzurennen! Und sein Ischias, der ihn zu allem Überfluss quält, Herrgott noch mal!

Unterdessen trottet Vic munter am Straßenrand entlang. Das Gartentörchen stand offen, da konnte er nicht widerstehen. Er hat die Flatter gemacht, höchst zufrieden, ein bisschen Freiheit zu stehlen und den Mauern des Gartens zu entkommen. Er ist glücklich.

Die Luft ist feucht, voller Gerüche. Erst einmal sind da die Maschinen der Menschen, ihr Gestank allgegenwärtig und übermächtig in der Abendluft. Dieser lärmende Gestank, der ihnen vorangeht, der ihnen folgt. Der sie umweht und mit Haut und Haar durchdringt. Dieser schwere, beißende, aufreizende Gestank, der andere Gerüche überdeckt oder verfälscht. Der sie jedenfalls verändert.

Aber mit etwas gutem Willen kann eine feine Nase in der Luft auch herrliche Geschenke des Himmels ausmachen, lauter kleine Wunder. Die göttliche Witterung eines Hasen, ganz frisch im Gras der Böschung. Und da, am Fuß eines Pfostens, eine Urinspur, die noch andere erahnen lässt, kaum älter, mit Ausdünstungen, wie er sie liebt: leicht, mit einer Spur Ammoniak, lieblich.

Zwei oder drei alte Kotbröckchen, leider fast unlesbar, die dennoch ein paar undeutliche Erinnerungen aufsteigen lassen. Ein paar Spuren von Kämpfen zwischen den Katern des Viertels, Kratzspuren an Baumstämmen, verstreute wollige Haarbüschel – Vic zieht vor Glück eine Lefze hoch und entblößt einen glänzenden Fangzahn. Etwas weiter eine überquellende Mülltonne, offen und voller Versprechungen: Speckschwarten, Lammkeulenknochen, Nudelreste, nicht mehr ganz frischer Fisch, Käserinden.

Und hier. Da. Der erregende Duft einer läufigen Hündin.

Vic erbebt, spitzt die Ohren. Er hebt vor Freude das Bein und läuft sofort wieder los, die Rute hoch erhoben. Wie schön ist doch das Leben außerhalb der Grenzen des Gartens, wie reich und strahlend!

Aber zurück zu Georges. Nähern wir uns ihm still und leise. Beobachten wir ihn im milden Abendlicht durch die Fensterscheiben.

Von hier aus sieht man nur einen alten Mann, der nicht sehr gepflegt wirkt: Sein Hemdkragen ist schmuddelig, in seinem weiten, an den Ellbogen ausgebeulten Pulli sind ein paar Löcher, die Hose ist verschlissen. Kurz, ein alter Eigenbrötler an seinem Küchentisch, der nicht ordentlich abgeräumt ist, da sind noch Krümel, ein halbleeres Glas, ein Messer.

Georges hält eine aufgeschlagene Tageszeitung in den Händen.

Ab und zu entweicht seiner hohlen Brust ein tiefer Seufzer.

Ein unaufmerksamer Beobachter könnte glauben, er lese. Doch unserem scharfen Blick entgeht das kaum merkliche Zittern der Zeitung nicht. Ebenso wenig wie das unentschlossene Auge des vermeintlich Lesenden, das fieberhaft zwischen den Zeilen hin und her springt. Dieses unruhige, nervöse Auge, das plötzlich kehrtmacht und zufällige, unklare Diagonalen zieht, ohne recht zu wissen, wo es haltmachen soll. Kein Zweifel: Der Mann tut so, als würde er lesen. Er tut nur so.

Egal was er versucht, er muss die ganze Zeit an seinen Hund denken. An dieses Aas, das ihm keine Ruhe lässt.

Georges versteht selbst nicht, warum er sich diesen verdammten Bastard aufgehalst hat. Eine Promenadenmischung, die ihre Zeit damit zubringt, zu fressen, zu schlafen, auf sein Bein zu sabbern und in den Garten zu kacken, und die nicht einmal zur Jagd zu gebrauchen ist! »Sie werden sehen, er wird Ihnen Gesellschaft leisten, jetzt, wo Sie Ihre alte Dame nicht mehr haben … In Ihrem Alter ist es nicht gut, allein zu bleiben …«

Wie, in seinem Alter? Man soll doch aufhören, ihn damit zu nerven. Neunundsiebzig wird er im Frühjahr, na und? Er ist gut zu Fuß, sieht bestens, und zielen kann er auch noch.

Und ein Hund ersetzt ja wohl keine Frau! Er seufzt vielleicht genauso, kocht aber kein Essen, hält das Haus nicht in Ordnung, wäscht keine Wäsche, nichts dergleichen. Er kostet Geld – das Hundefutter, der Tierarzt müssen bezahlt werden. Auch wenn er nicht redet – ein Glück! – und einem keine Vorwürfe macht, bereitet ein Hund doch vor allem Scherereien, da kann man sagen, was man will.

Er hätte ihn besser gleich im Brunnen versenkt, als man ihn ihm gegeben hat. Ihn ersäufen, ja, das hätte er tun sollen. Das wird er früher oder später auch noch. So wird es enden.

Aber inzwischen kann sich der verdammte Köter auf eine ordentliche Tracht Prügel gefasst machen, wenn er nachher heimkommt. Er wird ihm das Fell gerben, das wird ihm eine Lehre sein.

Georges beißt sich auf den Lippen herum, kneift die Augen zusammen. Er gibt sich ganz seiner bösen Freude hin, genießt diesen anschwellenden Zorn, der schon mit sanfter Gewalt in seinen Eingeweiden rumort.

Der Hass, den er diesem Hund entgegenbringt, ist sein schönster Lebensinhalt.

Nur so spürt er das Leben.

Lassen wir Georges und seine hässlichen Gedanken. Wo ist Vic inzwischen abgeblieben?

Hier ist er. An der Kreuzung der Landstraße, am westlichen Ende des Dorfs. Er denkt nicht an sein Herrchen, der ihm sein Futter von einem Fußtritt begleitet gibt, der wegen nichts und wieder nichts herumbrüllt, wegen einer kleinen Pinkelpfütze vor der Haustür oder einem Haufen am Fuß des Gartentors.

Das Herrchen ist unberechenbar und brutal. Aber er ist das Herrchen. Er ist der, der die Dosen mit Hundefutter aufmachen kann. Trotzdem, ein bisschen Freiheit ist wichtig, vor allem, wenn man so selten in den Genuss kommt. Vic ist jung. Das Herrchen ist alt. Wenn sie spazieren gehen, nimmt es immer ein böses Ende. Man darf nicht ohne Halsband herumlaufen, nicht an der Leine ziehen, nicht herumschnüffeln.

Vic denkt nicht an sein Herrchen. Georges ist ihm egal. Die Nase am Boden, folgt er der wohlriechenden Spur der Hündin. Diese Düfte berauschen ihn, schlagen ihn in Bann. Wie könnte er diesem Sirenengesang widerstehen? Dieser unerwarteten Einladung zur Liebe?

Plötzlich bleibt Vic gespannt stehen, schwanzwedelnd und hechelnd. Da ist die Schöne, auf der anderen Straßenseite, die Schnauze in einem Müllsack. Sie kehrt ihm den Rücken zu, bietet ihm ihr Hinterteil mit dem glänzenden Fell und dem rosa Geschlecht dar wie eine Opfergabe. Und als sie beim Fressen lustvoll mit dem Schwanz wedelt, verbreitet dieser seidige Fächer berauschende Duftschwaden.

Zitternd und genüsslich atmet Vic das zarte, durchdringende Moschusaroma ein.

Er legt sich hin, die Schnauze zwischen den Pfoten, und stößt einen tiefen, nachdenklichen Seufzer aus.

Die Hündin ist aufreizend, erregend, prachtvoll.

Sie ist reif.

Vic stößt ein komisches, heiseres Fiepen aus, kaum hörbar. Dann zieht er die Lefzen zu einem Lächeln hoch und stürmt los, um das ganz nahe Paradies zu erobern.

Und genau in dem Moment endet sein bedeutungsloses Leben: Mit voller Wucht erfasst ihn die Stoßstange eines Lastwagens.

Auf der anderen Straßenseite hat die Hündin nur kurz von ihrem verbotenen Festmahl aufgeblickt.

Georges steigert sich in seinen Zorn hinein.

Im Licht der Straßenlaternen steht er im Regen auf dem Gehweg und pfeift auf den Fingern, ruft mit wutbebender Stimme immer wieder den verhassten Namen: »Vic!«, auf die Gefahr hin, alle Nachbarn gegen sich aufzubringen.

Und als der Dorfkrämer später zu ihm kommt, um ihm die Nachricht zu übermitteln, mit der üblichen Behutsamkeit, um den Schock zu mildern – so ein alter Mann, da muss man doch aufpassen –, zuckt Georges nur mit den Schultern und knurrt: »So ein dämlicher Hund!«

Und zu Hause angekommen, versetzt er dem Fressnapf einen wütenden Tritt. Das Trockenfutter rollt über den Küchenboden, und Georges brüllt: »Verdammte Scheiße!«

Er fühlt sich erst wütend. Dann frustriert. Und da der unterdrückte Zorn, den er nicht rechtzeitig ablassen konnte, ihn vergiftet, muss er die ganze Nacht zwischen Bett und Toilette hin- und herwandern.

Er ist zwei Tage lang krank, und alle denken: Der arme Alte, erst wird er Witwer, und jetzt verliert er auch noch seinen Hund. Was für ein Elend!

In der Morgendämmerung lädt der Lastwagen der Straßenreinigung Vics steif gewordenen Körper auf.

Ein paar Stunden später leckt ein streunender Hund im Vorbeigehen ein paar Blutspuren vom kalten Asphalt.

Der frisch gewaschene Himmel verspricht schönes Wetter.

Und Georges wird sich fortan noch viele Jahre zu Tode langweilen, so ganz allein.

Eine Nachtwache

Man könnte meinen, es gäbe ein lautes Geräusch, aber das stimmt nicht. Vielleicht bei einer Ohrfeige? Aber selbst da ... Gut verabreicht, mit der flachen Hand, hört man nur einen dumpfen Laut, der sofort abbricht und sich in Luft auflöst, ohne Nachhall, spurlos. Ein flüchtiger Peitschenknall, das ist alles. Der etwas Rot hinterlässt, auf den Wangen.

Aber ein kräftiger kleiner Schlag knapp unter die Schulter oder ins Kreuz, das ist noch diskreter.

Das muss man ihr lassen, sie hat den Dreh raus. Sie hat Übung. Keinerlei Wut dabei. Keine Erbitterung. Sie lässt sich weder durch die Trägheit der anderen noch durch ihre eigene Genervtheit zu irgendetwas hinreißen. Man muss sich beherrschen, auch wenn es manchmal verlockend wäre, an Haaren oder an einem Ohr zu ziehen.

Sie tut das nicht zu ihrem eigenen Vergnügen. Sondern einzig und allein zu ihrem Besten.

Wozu auch sonst? Im Übrigen wissen sie das auch. Der Beweis ist, dass sie nicht aufmucken.

Abgesehen von den Neuen, in den ersten Tagen. Die bäumen sich noch auf und protestieren sinnlos.

Daran nimmt sie keinen Anstoß. Sie hat schon so viele kommen und gehen sehen. Die Älteren haben es schon lange kapiert. Sie haben nur noch einen ergebenen, nicht einmal mehr flehenden Blick.

Sie braucht sie nur anzuschauen, und schon senken sie zitternd den Kopf und sacken unterwürfig noch etwas mehr in sich zusammen.

Sie hat sie dressiert. Sogar gut dressiert. Und das ist besser so für sie.

Es ist verdammt mühsam, sich um Alte zu kümmern.

Wie lange macht sie den Job schon? Vielleicht zwanzig Jahre? Aber ganz ehrlich, was ändert das schon? Schon der erste Tag war ein Tag zu viel.

Wie auch immer, jedenfalls kommt sie abends um sechs und geht acht Stunden später wieder. Sie ist Nachtwache. Sie macht die erste Nachtschicht. Ihr ist das recht.

Die Nacht gehört ihr, da stört sie niemand. Nur die Alten, wenn sie nicht schlafen wollen und klingeln und klingeln. Wenn sie hin muss und langsam zu den Zimmern schlurft – soll sie vielleicht rennen? Bei den Alten ist es nie dringend. Oder es ist sowieso zu spät. Sie ist wegen ihnen da, ja, klar. Weswegen sonst? Aber mal ganz ehrlich, man muss schon gute Nerven haben für so einen Job. Und eine Miete zu bezahlen. Man soll ihr bloß nicht damit kommen, dass sie einen schönen Beruf habe und all dem Quatsch. Ein schöner Beruf? Nein, ganz sicher nicht.

Alte Leute sind ekelhaft und erbärmlich. Würdelos.

Die lassen sich gehen, lassen sich hängen. Sie schrumpeln innerlich zusammen, vergessen nach und nach ihre guten Gewohnheiten. Und so zuzusehen, wie sie jeden Tag weiter verfallen, das ist deprimierend. Bei manchen fragt man sich, wie tief sie noch sinken werden, wenn der Tod nicht endlich dazwischenkommt. Sterben ist nämlich, da kann man sagen, was man will, bei weitem nicht das Schlimmste.

Nein, das Unangenehmste ist das, was sie vorher sieht. Dieser lange, langsame Niedergang bis zur völligen Zerrüttung.

Brutal? Nein, so darf man das nicht sehen. Streng ist sie, ja, genau. Streng.

Es ist wie mit Kindern, sehen Sie: Eine gelegentliche Ohrfeige rückt ihnen den Kopf zurecht. Ob sie Kinder hat? Einen Sohn, der sie nicht besuchen kommt, außer wenn es sein muss.

Wie auch immer, was die Alten angeht: Wenn man ihnen in allem nachgibt, tut man ihnen keinen Gefallen. Man muss ihnen klare Grenzen setzen. Man kann ihnen nicht immer alles durchgehen lassen. Zuckerbrot und Peitsche. An einem Tag geduldig sein, am nächsten barsch. (Sie hat nicht gesagt: böse.) Und sich zwei oder drei von ihnen warmhalten. Ihre Lieblinge, die gegebenenfalls bezeugen können, dass sie immer nett und zuvorkommend ist. All so was.

Madame Augier im Zimmer 14 und Monsieur Pelletrie im Zimmer 18 sind zurzeit genau die Richtigen für diesen Zweck. Sauber, gepflegt. Gehorsam. Sehr anständig. Genau so, wie die anderen Bewohner sein sollten. Der Rest der Herde: räudig, nach Urin stinkend, schlaff. Was für ein Elend, diese Alten …

Sie heißt Madame Lemasson. Monique Lemasson.

Niemand nennt sie hier Monique, niemals. Keine Vertraulichkeiten. Wenn man ihnen den kleinen Finger gibt, nehmen sie sofort die ganze Hand. Man muss Distanz wahren.

Das hat der frühere Heimleiter selbst so gesagt, gleich an ihrem ersten Arbeitstag.

»Lassen Sie sich nicht vereinnahmen, Madame Lemasson! Mit alten Menschen zu arbeiten, ist oft schwierig. Engagieren Sie sich nur nicht zu sehr. Nicht mehr als notwendig. Sonst werden Sie jedes Mal, wenn einer von ihnen uns verlässt, am Boden zerstört sein ... Als Profi muss man eine gewisse Distanz wahren ...«

Das hat sie sich gut gemerkt. Sie engagiert sich nicht, sie macht alles leidenschaftslos. Den Alten den Hintern abputzen und sie mit Suppe füttern. Und manchmal mit ihnen schimpfen. Wenn sie Ansprüche stellen, wenn sie sich vergessen. Wenn sie stur sind.

Disziplin und Respekt herrschen zu lassen, ist nicht einfach. Das schafft man nicht auf Anhieb. Man muss sie vorher konditionieren. Wenn man sie danach fragen würde, könnte sie genau erklären, wie das vor sich geht. Manchmal braucht es zwei, drei Jahre oder sogar noch länger. Das lernt man durch Erfahrung. Jeder hat da seine eigenen Tricks und Kniffe. Hauptsache, es funktioniert. Der Zweck heiligt die Mittel. Man braucht Beobachtungsgabe und Menschenkenntnis. Sie sind ja alle verschieden: Es gibt die Schüchternen, die Feigen, die Hinterlistigen. Die Petzen, die andere verraten. Die, die sich für überlegen halten und Widerstand leisten. Manchmal muss man da zu härteren Mitteln greifen. Vor allem nachts, wenn man allein ist.

So etwas zu tun, ist nicht besonders angenehm. Wirklich, es macht ihr keinen Spaß. Aber was soll man sonst tun?

Zum Glück reicht es oft, ihnen zu drohen, damit sie es kapieren. Oder sie ein bisschen zu demütigen: Ihnen das Essen zu spät bringen, wenn es schon kalt ist. Den Fernsehton ausschalten und die Fernbedienung ein bisschen zu weit weg legen, gerade außerhalb ihrer Reichweite. Lang genug warten, wenn sie klingeln. Abwarten, und dann endlich kommen. Und ihnen dann die nassen Laken unter die Nase halten:

»So? Jetzt machen wir also ins Bett? Dann müssen wir eben Windeln anziehen!«

Windeln mögen sie nicht. Nein, das mögen sie überhaupt nicht!

Sie protestieren, sie jammern. Sie sträuben sich. Aber wie sollen sie lernen, wenn man ihnen nicht ein paar anständige Lektionen erteilt? Es gibt eben keine Wunder.

Keine Wunder.

Strafe muss sein.

Monique Lemasson ist eine liebenswürdige Dame. Sie hat ein munteres Lächeln und vergnügte Augen. Sie bewegt sich immer in eiligem Trab und pfeift dabei sehr falsch Schlager vor sich hin. Die Haare flicht sie sich zu einem Zopf, der allmählich immer weißer wird, mit dem Alter. Sie hat sehr blaue Augen, ausdrucksvolle Grübchen. Wirklich eine sehr patente Frau.

Wenn sie mit ihrem Dienst fertig ist, läuft sie, so schnell sie kann, in ihre Wohnung zurück. Da warten ihre beiden Hunde auf sie, Youpi und Bamboula, ihre heißgeliebten Babys.

Tiere sind wenigstens treu. Sie enttäuschen einen nicht, wie die Menschen es tun. Sie sind gut. Wenn man Monique Lemasson fragen würde, was sie über die Menschen denkt, würde sie verächtlich den Mund verziehen. Sie würde augenblicklich ihre Sanftmut, ihre freundliche Fassade verlieren.

Die Menschen sind Bestien.

Nichts als Bestien.

Wenn man sie nach ihrer Arbeit fragt, antwortet Monique Lemasson, dass sie sich um alte Menschen kümmert. Dann nicken die Leute wohlwollend und sagen, das sei ein schöner Beruf, dafür brauche sie sicher viel Kraft. Sie hasst dieses dumme Gerede. Aber sie antwortet: »Ja, ja, es ist schon schwierig …«

Aber »schwierig« trifft die Sache nicht. Ihre Arbeit ist vor allem mühselig. Lästig, öde. Ihnen beim Essen helfen, kleine Pflegemaßnahmen durchführen, weil die Krankenschwestern um zwanzig Uhr nach Hause gehen. Und das Waschen nach Bettunfällen, auch wenn es einem den Magen umdreht, das alles sauber zu machen – wenn Sie nur wüssten, in welchem Zustand man sie manchmal vorfindet!

Und bei jedem Klingeln laufen. Die abendlichen Streitereien auf dem Flur schlichten. Die Eifersüchteleien, die Wutausbrüche, die Tränen. Weil ein Zimmernachbar den Fernseher zu laut laufen lässt. Weil eine Alte schnarcht oder ein anderer hustet.

Die Menschen werden mit dem Alter intolerant. Alles stört sie, alles ist ihnen zu viel.

Sie sind vier Pflegerinnen, die sich die Nächte teilen. Zwei pro Stockwerk. Sie lösen sich ab. Corinne, die mit ihr im ersten Stock ist, tritt ihren Dienst kurz vor zwei Uhr morgens an.

Vorher ist Madame Lemasson allein. Allein mit sechsundzwanzig Greisen, verwöhnt wie kleine Kinder. Wohlhabende Alte. Das müssen sie nämlich sein, um sich das »Haus der Ruhe« leisten zu können. Wenn sie so alt sein wird wie sie, wird sie nicht so ein Glück haben, nein. Mit der Rente, die sie erwartet, wird sie sicher nicht in einem Zimmer mit Klimaanlage sterben.

Sie wird in der Geriatrie krepieren, im Krankenhaus. Oder im Hospiz. In einem Zweierzimmer.

Darüber denkt sie lieber nicht zu viel nach, verstehen Sie, sonst bekommt sie Angstzustände.

Sie weiß, dass sie allen Grund dazu hat.

Wie auch immer, es ist jedenfalls ein ruhiger Job hier. Am Anfang ihrer Schicht sind Sachen zu tun, da muss sie wohl oder übel arbeiten. Aber nachts ist es dann besser, ruhiger. Da kann man fernsehen, wird nicht oft gestört, und wenn, dann wartet man auf die Werbung, um hinzugehen.

Nach sieben Uhr abends kommt kein Besuch mehr, außer ab und zu eins der Kinder, wenn sie mal länger arbeiten. Aber das kommt nur ausnahmsweise vor, und sie gehen sowieso vor neun Uhr wieder. So bestimmt es die Hausordnung.

Dann begleitet Madame Lemasson sie den Flur entlang zum Ausgang. Sie unterhält sich den ganzen Weg über mit ihnen. Dann schließt sie hinter ihnen ab. Sie sagt, es sei alles in Ordnung. Sie gehen beruhigt nach Hause.

Dafür wird sie bezahlt.

Madame Lemasson hasst alles an den Alten: Ihre hängenden, faltigen Lider, die bläulichen Wangen, die traurigen, fliehenden Augen. Trüb und trübselig. Ihr Mumienprofil.

Ihre extreme Magerkeit, die ihr unheimlich ist und fast Angst macht. Ihre kahlen Schädel mit den paar feinen Babyhaaren, aber brüchig und stumpf. Ihre Stirn, die unter der Lampe glänzt wie graues Elfenbein.

Sie sind gekrümmt, sie wanken, sie zittern. Wenn man sie so sieht, wie sie vornübergebeugt laufen, könnte man meinen, sie seien von einer Bö überrascht worden. Wohin sie auch gehen, sie stemmen sich immer gegen den Wind. Ihre knotigen Hände klammern sich an Türgriffe, halten sich an Möbeln fest, suchen an glatten Wänden Halt. Ihre Hände,

knorrig wie Weinreben. Ihre harten, streifigen, bernstein-
farbenen Fingernägel, Raubvogelklauen, die sie einem in
den Arm schlagen, wenn sie sich festhalten wollen. Als hoff-
ten sie, einen mit ins Grab zu reißen.

Madame Lemasson hasst all das. Am meisten aber hasst
sie den Geruch.

Die Alten stinken nach Tod. Sie riechen nach Friedhof.
Ihre ungesunde Haut, ihr Mund mit den geizigen Lippen ist
davon durchdrungen. Sie haben einen widerlichen Atem.
Verströmen den faden Geruch von umgegrabener Erde.
Man glaubt, das komme von den Gegenständen, die sie an-
häufen, von den staubigen Vorhängen, von all ihren Erinnerungen. Aber nein. Der Geruch kommt aus ihnen selbst.

Madame Lemasson weiß, dass dieser Mief eines Tages auch
sie befallen wird. Also prüft und untersucht sie sich peinlich
genau. Sie wäscht sich lieber einmal zu viel als einmal zu
wenig.

Trotzdem wird es sie erwischen, da ist nichts zu machen.

Sie zieht die Lippen hoch, betrachtet ihr blasser werdendes
Zahnfleisch, prüft ihre Zähne, deren Schmelz schon Sprünge
bekommt und stumpf wird. Sie führt über die Schäden
Buch. Die Augen bekommen graue Ränder, es sieht aus, als
würden sie versinken. Die immer tiefer werdenden Augen-
höhlen sind von braunen Ringen gesäumt, wenn sie müde
ist. Die Lederhaut wird dicker, gelblich, stellenweise rot
geädert. Die Hände magern ab und bekommen braune Flecken. Das Alter, das lange im Verborgenen lauerte, beginnt
durch alle Poren zu sickern. Es leiert die Haut aus, verzerrt
sie, lässt sich in den Falten häuslich nieder, schränkt die Bewegungen ein. Es dringt überallhin vor, schlimmer als ein
Sandkorn. Bis jetzt hat Madame Lemasson noch nichts allzu

Schlimmes entdeckt, keine Kellergerüche, keine Ausdünstungen wie aus einem modrigen alten Buch. Aber kann man sicher sein, dass man sich selbst riecht?

Im Zweifel lüftet sie lieber. Und sie besprüht sich mit Parfüm. Wirft altes Zeug weg, umgibt sich nur mit Neuem. Drückt oft ihre beiden Hunde an sich, damit deren Geruch auf sie abfärbt. Ihren eigenen überdeckt.

Aber wenn sie bei der Arbeit ankommt, steigt es ihr in die Nase. In den Fluren geht es noch. Da verliert es sich zwischen den anderen Gerüchen, den Fisch- oder Kohldünsten aus der Küche, den schwülen Wäschereidämpfen und natürlich dem Geruch der Desinfektionsmittel in den Gemeinschaftsräumen und den sanitären Anlagen.

In den Zimmern dagegen, da springt es einem ins Gesicht, sobald man hereinkommt. Unmöglich, sich dem zu entziehen, auch wenn man alles aufreißt, Durchzug schafft, Raumdüfte versprüht, nichts zu machen: Es riecht.

Die Zimmer der Alten stinken wie ihre Bewohner.

Der Erste, den sie hat bestrafen müssen, um sich Gehorsam zu verschaffen? Das weiß sie nicht mehr. Wozu sich daran erinnern? Wenn man solche Details behalten wollte … Wahrscheinlich war es eine Frau. Bestimmt.

Die Frauen sind unerträglich. Sie rauben einem den letzten Nerv. Sie jammern ewig herum. Sie ergehen sich in Klagen, in Vorwürfen, mit ihren Stimmen wie quietschende Türangeln. Diese Stimmen, rostig wie altes Metall, die sich mit ihren schrillen Höhen schmerzhaft in die Ohren bohren. Man könnte sie für viel weniger schlagen, man will nur noch eins: sie zum Schweigen bringen. Ihnen das Maul stopfen, diesen alten Weibern. Das ist eine instinktive Reaktion, verstehen Sie? Man kalkuliert seine Gereiztheit nicht, sie überkommt einen und schwillt an. Und dann geht es mit einem durch.

Mit den Männern ist sie geduldiger. Aber auch nicht viel. Sie sind oft widerspenstig und sträuben sich, wie ungezogene alte Kinder. Vor allem bei der Körperpflege: Immer ist es zu kalt oder zu heiß. Das Shampoo brennt ihnen in den Augen, man rubbelt ihre Haut zu fest. Was hätten sie denn gern? Dass man sie in ihrem Saft liegen lässt? Vielen Dank, sie miefen so schon genug!

Natürlich gibt es auch die Selbstständigen, die im Erdgeschoss wohnen. Die noch gut zu Fuß sind, noch gut sehen. Die sich alleine waschen, sich herausputzen, mit hochgerecktem Kinn und geradem Rücken herumlaufen und zum Flirten in den Speisesaal gehen. Wenn Sie nämlich glauben, dass die aufgeben! Denkste! Sie zwinkern sich zu, schreiben sich Liebesbriefchen, verabreden sich zu Rendezvous in der Eingangshalle oder im Park, hinter den Büschen oder auf den Bänken ganz hinten. Was sie da wohl machen? Die Knochen aneinanderreiben?

Im Haus der Ruhe wurden schon mehrere Hochzeiten gefeiert. Hochzeiten, wie jämmerlich!

Madame Lemasson würde sich dazu nicht hinreißen lassen, nein, da besteht keine Gefahr. Dem eigenen Elend noch fremdes hinzufügen? Um Tumore, Kröpfe oder Leistenbrüche zu vergleichen?

Sie glauben, indem sie sich vereinen, vereinen sie ihre Kräfte und schieben den Abgang hinaus. Und es ist übrigens auch erstaunlich: Wenn sie verliebt sind, verjüngen sich manche, das stimmt schon. Aber was sie auch tun, am Ende beißen sie doch ins Gras. Bei manchen dauert es noch Jahre, bei anderen ein paar Wochen. Aber egal in welchem Tempo, am Ende landen sie alle am gleichen Ort. So wie wir alle dort enden.

Madame Lemasson sieht es lange vor ihnen kommen, das Ende vom Lied. Sie entdeckt das Zittern der Hände sofort, wenn es anfangs auch noch so leicht ist. Die erstarrten Gesichter, das Zögern vor der Treppe. Sie verzeichnet die Vergesslichkeiten, die peinlichen Verwechslungen. Die Parkinsons, die Alzheimers.

Was ihr am meisten Angst macht, ist das Alter an sich, das einen ohne jeden Vorwand tötet, still und leise.

Madame Lemasson sieht alles. Die armseligen Niederlagen, die kleinen Schmerzen. Die Augen, die schwächer werden, und die Ohren, auf die kein Verlass mehr ist. Die Kräfte, die dahinschwinden, und das Leben, das entweicht. Der Stock, der eines Tages gebraucht wird. Das Boot, das leckt, schwankt, sich zur Seite neigt und untergeht. Diese Lebensenden, die die Luft verpesten wie zu Dreivierteln heruntergebrannte Kerzen, deren Flamme noch ein wenig flackert und rußt, ohne Licht zu geben.

Sie sieht sie kommen. Erwartet sie. Denn am Ende gibt es keine Überraschungen: Sie landen alle, oder fast alle, in ihrer Obhut, wenn man sie eines schönen Morgens auf ihr Stockwerk verlegt.

Sie kümmert sich um die Ältesten und Abhängigsten. Um die Anstrengendsten, das kann man so sagen.

Sie fühlt sich keinesfalls berufen dazu, wer könnte diese Arbeit schon machen wollen? Es war ein zufälliges Zusammentreffen von Umständen. Das Leben ist kein Supermarkt, man sucht sich nichts aus. Jedenfalls hat sie es sich nicht ausgesucht. Aber gut, es gibt Vorteile. Ihr Arbeitsplatz liegt nicht weit von ihrer Wohnung. Und sie hat ihre Ruhe, wie gesagt. Es ist ein kleines Haus, nicht zu viel Personal, nicht zu viele Pflichten. Sie tut mehr, als sie tun müsste, kümmert sich sogar manchmal um die Pflege, und das ohne zusätzliche Bezahlung. Deshalb lässt man sie in Ruhe, man will sie nicht vergraulen. Leute zu finden, die zu dem Job bereit sind und keine Ansprüche stellen, ist nicht so einfach.

Immer wieder mal machen ein paar junge Mädchen hier ein Praktikum. Aber das, was sie in ihren Büchern gelernt haben, hat nicht viel mit der Wirklichkeit zu tun. In den Büchern gibt es keine Gerüche. Keine Schreie, kein ständiges Klingeln. Keine verschüttete Suppe und abendlichen Trotzanfälle. In ihren Lehrbüchern, da ist es immer schön sauber und still. Das nimmt sie jedenfalls an, wenn sie das Gesicht der jungen Mädchen sieht bei den ersten Durchfällen, den ersten Verzweiflungskrisen.

Ihr ist das alles egal, verstehen Sie? Sie ist gepanzert. Gepanzert wie eine Tresortür.

Sie glauben, die Alten würden sich beklagen, sie verpfeifen? Ach was. Natürlich nicht! Sie mögen ja senil sein, aber sie sind noch schlau genug, es nicht noch schlimmer zu machen. Wenn sie Besuch von ihrer Familie bekommen, sind sie vorsichtig und schweigen. Weil sie wissen: Nachher, wenn die Kinder wieder gehen, wird sie da sein, um ihnen Gute Nacht zu sagen.

Sie und niemand sonst.

Ja, natürlich, auf der Station gibt es auch zwei Pflegerinnen, die anders sind, die alles ganz sanft machen und nie sauer werden. »Kindergartentanten« nennt sie sie. Ganz Liebe sind das, dumme Nulpen, die sich auf die Füße treten lassen, sich wie Hunde behandeln lassen und immer hübsch lächeln dabei, und die sie verurteilen, ja vielleicht verpfeifen würden, wenn sie sähen, dass sie gegen die Alten die Hand hebt. Aber nur deshalb, weil sie sich selbst nicht trauen. Das kann ihr nämlich niemand erzählen, dass sie die Alten echt mögen. Alte kann niemand wirklich gern haben.

Madame Lemasson ist achtundfünfzig Jahre alt, sie kennt ihre Arbeit. Da kann der Heimleiter ruhig durch die Flure gehen und sich mit den Bewohnern unterhalten, über sie wird nur gut geredet, niemand wirft ihr irgendetwas vor. Die sind ja nicht blöd.

Madame Lemasson ist eine wahre Nachtigall, sie pfeift die ganze Zeit. Immer fröhlich, immer heiter.

Aber sie singt vor allem nachts.

Und wenn es Spuren gäbe, Abdrücke? Hat sie denn davor keine Angst?

Spuren? Sie ist doch keine Barbarin! Eine Ohrfeige hier und da hat noch keinem geschadet. In dem Alter sind sie sowieso wackelig auf den Beinen. Sie haben ständig blaue Flecken und Beulen. Stoßen sich überall, wie kleine Kinder. Und selbst wenn! Um Spuren zu bemerken, müsste sie erst mal jemand aus der Nähe betrachten, das Hemd anheben oder die Ärmel hochschieben.

Das machen die Kinder nicht. Niemals.

Ihnen reicht es schon, die Alten zu sehen. Wenn man sie noch dazu anschauen müsste …

Ja, aber wenn sie sich doch mal beschweren würden?

Dann würde Madame Lemasson zu den Kindern sagen: Ja, er ist zurzeit ein bisschen quengelig … Oder: Wissen Sie, sie wird langsam schwierig …

Solche Antworten genügen, um die Familien zu beruhigen. »Schwierig« kann bedeuten: Wir werden sie nicht hierbehalten können. Sie werden sie wieder mitnehmen und woanders unterbringen müssen.

Aber woanders ist sehr weit weg. Oder es gibt da keinen Platz. Oder es ist viel zu teuer.

Deshalb ist man lieber still. Und lässt die Dinge auf sich beruhen.

Manchmal taucht eins der Kinder unangemeldet auf, am späteren Abend. Zur Essenszeit. Aber Madame Lemasson lässt sich nie erwischen. Sie hat gute Ohren.

Wenn die Tür aufgeht, sagt sie: »Ach, was für eine Überraschung! Schauen Sie, Monsieur Royan (oder Madame Delmas, oder wer auch immer), schauen Sie: Sie haben Besuch!«

Der Sohn oder die Tochter sehen die Suppenkleckse auf der Serviette, die wie ein Lätzchen fest um den Hals gebunden ist. Die Flecken auf dem Tisch, rings um den Teller. Die Spucke, die aus dem Mund läuft. Sie sehen den leeren, etwas verzweifelten Blick. Die wirren Haare. Das kaum merkliche, ununterbrochene Kopfschütteln, nein-nein-nein. Den gebeugten, gekrümmten Körper, der unbequem im großen grauen Sessel sitzt.

Sie stutzen kurz, grüßen mit tonloser Stimme und einem seltsamen, zugleich überraschten und beunruhigten Ausdruck. Oder mehr als beunruhigt: Sie sehen ängstlich aus.

Madame Lemasson wischt den Speichelfaden ab. Manche schleimen wirklich wie Schnecken.

Dann ruft sie munter: »Sie kommen genau richtig, Sie können mir helfen, ihn zur Vernunft zu bringen! Wir sind mal wieder eigensinnig! Heute Abend wollen wir unsere Suppe nicht essen!«

Der Alte macht weiter unaufhörlich nein-nein-nein, regelmäßig wie ein Metronom. Das Kind kommt näher, küsst ihn auf die Wange und will wissen, ob alles in Ordnung ist. Und dann spielen die Alten ihr Theater. Sie nehmen die Hand ihres Sohns oder ihrer Tochter und drücken sie still. Schauen ihr Kind mit diesem Hundeblick an.

Madame Lemasson kennt das, sie lacht und wundert sich laut: »Nun, Sie sagen ja gar nichts mehr? Hat es Ihnen die Sprache verschlagen?«

Dann lachen die Kinder auch, voller Unbehagen. Manchmal – meistens – bemerken sie nichts. Oder aber sie tun so, als ob.

Manchmal runzelt aber doch mal einer die Stirn und wirkt verstimmt.

Die Schlimmsten sind die, die weit weg wohnen. Sie kommen dreimal im Jahr und meinen, sie könnten sich alles erlauben. Sie kritisieren herum und klingeln wegen nichts und wieder nichts. Man muss kommen, um das Bett einzustellen, den Sessel oder die Heizung.

Sie mustern einen mit argwöhnischen, überheblichen Blicken. Nichts ist ihnen recht.

Und sie haben Fragen ... Isst er denn wenigstens? Hilft man ihm jeden Tag, etwas zu laufen? Kommt er in den Garten hinaus? Madame Lemasson möchte ihnen am liebsten sagen: Wenn Ihnen so viel daran liegt, dann behalten Sie ihn doch zu Hause!

Aber da besteht keine Gefahr, nein! Die Alten sind im Weg, sie stellen Anforderungen. Sie nehmen zu viel Platz und Leben in Anspruch. Und Zeit.

Nein: Man steckt sie ins Heim, damit sie gut gepflegt werden und es gut haben. Schön weit weg.

Dafür bezahlt man auch, und nicht zu knapp, um sich

nicht schuldig zu fühlen. Um sein Gewissen zum Schweigen zu bringen. Man bringt sie eines Tages her, ins Haus der Ruhe, mit ihren paar Habseligkeiten, ihren zwei Koffern. Mit dem Versprechen, bald wiederzukommen, verschwindet man kaum eine Stunde später, weil die Zimmer klein sind, weil sie überheizt sind. Weil der große Aufenthaltsraum voller verwelkter Blumen und Friedhofsfarben ist. Weil die Flure voll tatteriger Greise sind, in ihren Rollstühlen zusammengesunken. Weil der Tod schon seine schmutzige Nase ans Fenster drückt.

Am ersten Tag, wenn sie sie einem zur Aufbewahrung überlassen, sagen die Kinder mit zittriger, tränenerstickter Stimme »bis bald«. Sie tun so, als würden sie fröhlich lachen.

Die Alten winken ihnen mit ihren fleckigen Händen, schauen ihnen von der Außentreppe her lange nach. Wenn sie in die Eingangshalle zurückkommen, haben sie nasse Augen und einen verwirrten Blick. Man muss sie in ihr Zimmer zurückführen, weil sie nicht mehr wissen, wo es ist. Gleich vom ersten Abend an muss man sich um sie kümmern.

Die Alten fehlen ihren Angehörigen? Mag sein.

Aber wenn sie ins Bett machen, ist sie es, die ihnen den Hintern abwischt.

Wenn Besuch kommt, zieht sich Madame Lemasson zurück und sagt: »Genießen Sie die Zeit mit Ihrer Familie. Ich komme nachher wieder, versprochen!«

Manchmal folgt ihr eins der Kinder auf den Flur und fragt halblaut: »Was macht er auf Sie für einen Eindruck? Geht es ihr gut? Sagen Sie es mir ruhig ehrlich!«

Dann antwortet sie mit einem ergebenen kleinen Seufzer: »Er ist in letzter Zeit etwas quengelig, das stimmt schon. Sie wird wirklich langsam schwierig. Aber machen Sie sich keine Sorgen. Wissen Sie, manchmal haben sie eben ein kleines Stimmungstief. In dem Alter genügt da eine Kleinigkeit! Ihr Besuch wird ihm guttun, Sie werden sehen.«

Und wenn sie sich dann etwas getröstet fühlen und sich bei ihr bedanken für alles, was sie tut, tätschelt sie ihnen die Schulter und sagt: »Das ist doch selbstverständlich, alte Menschen brauchen einfach besonders viel Zuwendung …«

Dann geht sie weiter, um sich einem anderen Bewohner zuzuwenden …

Die Theorie vom Hund auf dem Baum

*B*löd ist, wenn es regnet.
An manchen Tagen flüstert der Regen einfach nur, tipp, tipp, tipp. Wie wenn jemand murmeln würde. Aber wenn es stark regnet, dann ist das etwas anderes! Am Anfang sieht das ganze Wasser, das herunterkommt, schön aus. Aber nach einer Weile sickert es durch, da strömt es durch die Löcher meines offenen Dachs herein! Dann bin ich ganz voll mit runden Flecken auf meiner Hose, meinen Socken und allüberall.

Aber manchmal nimmt es ein böses Ende, diese Pladderei, die Tropfen klatschen herunter, *platsch* und *plotsch* und *plitsch* und *platsch*, große triefende Kleckse, so doll, dass ich ganz mit Wasser gesprenkelt bin. Und sogar völlig durchnässt. Am Ende des Gewitters ist mein Haus wie eine Knackersuppe. Und der Knacker, das bin ich. Das sagen Pierres Söhne, wenn sie unter meinem Haus vorbeigehen: *Na, wie geht's, alter Knacker?* Das ist ein Ausdruck, der sehr gut passt: Wenn der Regen mir das Hemd an die Haut klebt, dass es Blasen wirft wie eine schlecht angeklebte Tapete, dann bin ich ein alter Knacker. Ich schwimme in der Suppe. Ich finde es lustig, dass sie mich »alter Knacker« nennen. Ich nenne sie »meine Hündchen«. Das ist ein Spiel zwischen uns, nicht, um einander wehzutun. Sie sind nett, und ehrlich, ich kann mich überhaupt nicht beklagen.

Ich wollte nur erklären, dass es nicht so toll ist, wenn der Regen so herunterklatscht. Nicht besonders toll, nein. In

Hinblick darauf, trocken zu bleiben, meine ich. Der Vorteil ist allerdings, das darf man nicht vergessen, dass es immer irgendwann vorbei ist.

Früher, in der Hundehütte – zu der Zeit, als ich Hund war –, da war das nicht so ein großes Problem, wenn der Regen plötzlich herunterpladderte. Da hatte ich ein geschlossenes Dach über mir und einen ordentlichen Betonboden unter mir. Und außerdem lebte ich damals nicht allein da drin. Ich konnte mich an jemandem wärmen, bis ich trocken war.

Wärme, das gehört zu den Dingen, die *wichtig* sind. Ja, ganz sicher gehört das dazu! Wie ein voller Bauch und gute, durchgeschlafene Nächte. Allerdings gab es doch ein *allerdings*. Wenn ich tief in der Hütte drinnen war, dann sah ich weder Blätter noch Äste, nicht mal eine Vogelschwanzfeder.

Das ist es, was ein bisschen schwierig ist im Leben. Im Leben an sich, meine ich.

Man kann nicht alles haben und den Rest dazu.

Ich habe schon alles Mögliche erlebt. Bevor ich Hund war, meine ich. Sachen, die schon so weit zurückliegen, dass ich mich nicht mehr erinnere. So was von gar nicht mehr, dass ich mich einen Dreck darum schere. Sich einen Dreck um etwas scheren, ist erholsam fürs Gehirn – statt das zu machen, was man sonst immer macht: die Vergangenheit zu Schnee zu schlagen wie Eiweiß, bis sie am Ende viel zu viel Platz einnimmt. Und alles verstopft. Aber ein paar Erinnerungen habe ich schon.

Zum Beispiel Maman Lilette und Jean. Und den Geruch von Lilettes Suppe. Ein Geruch, dass der Herrgott davor niedergekniet wäre. Wenn ich die Suppe nur roch, musste ich lachen, lachen bis zum Umfallen! So sehr, dass Lilette mich am Ende in den Arm nahm und ganz fest an sich drückte. »Beruhige dich, du Dummerjan«, sagte sie. »Das alles wegen einer Suppe! Du hast wirklich manchmal nichts als Stroh im Kopf.«

Maman war lieb, aber sie machte sich immer wegen nichts Sorgen. Sie dachte über Sachen nach, auf die wäre ich nie gekommen. Zum Beispiel wenn ich unglücklich war. Dann sagte sie: »Armer Junge, ach, wenn man bedenkt, dass er das Glück nie kennenlernen wird!«

In dieser Zeit meines Lebens ging es mir ziemlich am Hut vorbei, dass ich das Glück nicht kannte. Ich kannte die Suppe und die Lieder von Maman, und lauter interessante Sachen wie im Heuhaufen schlafen oder versteckte Hühnereier finden, oder auf der Ladefläche von Jeans Lastwagen ins Dorf fahren und den ganzen Weg lang laut schreien.

Was sollte ich mich da um das Glück scheren, kann mir das jemand sagen?

Dann ist Maman Lilette eines Tages gegangen.

Erst mal ist sie nur in ihrem Zimmer geblieben, und ich sollte sie nicht stören. Ich machte leise die Tür auf und schlich mich hinein, ich setzte mich ans Fußende des Betts, um ihr ganz still beim Schlafen zuzuschauen. Lilette hatte schöne Haare, weiß, schwarz und grau gemischt. Sie sagte nichts oder seufzte nur. Und dann manchmal: »Mein armer Étienne, ach, mein armer Étienne, was soll nur aus dir werden?«

Sie wurde wie das Laken, ganz weiß, und um die Augen ganz zerknittert. Sie schrumpfte in ihrem Bett zusammen, jeden Tag ein bisschen mehr. Ich dachte, wenn es so weiterginge, würde man sie schließlich gar nicht mehr sehen. Und ich hatte recht, wie immer. Eines Tages hat Jean mich zu meinem Onkel Pierre gebracht. Das ist ein Onkel, der jünger ist als ich, ich war schon zehn oder zwölf, als er zur Welt kam. Das hindert ihn nicht daran, zwei Kinder zu haben und dazu eine magere Frau mit platter, knochiger Brust. Ganz anders als Maman.

Am Abend dieses Tages bei Pierre, wo ich die ganze Zeit seine Kinder auf der Schaukel angeschubst und Huckepack getragen habe, bin ich spät nach Hause zurückgekommen. In Pierres Auto. Die Art von Auto, in dem es verboten ist, die ganze Fahrt lang zu schreien. Auch wenn es nicht laut ist.

Mamans Tür war zu.

Am nächsten Morgen habe ich sie gar nicht mehr gesehen, meine Lilette in ihrem Bett.

Da war nur noch Jean, der ganz rote Augen hatte, mich an den Schultern nahm und sagte: »Hier kannst du nicht bleiben, Étienne, bleib nicht hier im Weg stehen, geh lieber ein bisschen raus.«

An den anderen Tagen, eine ganze Weile seit diesem Tag, meine ich, machte ich die Tür auf und setzte mich leise ans Fußende des Betts. Lilette war so durchsichtig, dass man nicht mal mehr ihre Gestalt unter dem Laken erkennen konnte, das muss man erst mal hinkriegen! Deshalb redete ich nicht mit ihr, weil wenn man sich so viel Mühe gibt, nicht gesehen zu werden, dann heißt das ja wohl, dass man seine Ruhe haben will, nicht? Sie wusste, dass ich da war, und das reichte völlig aus.

Aber der Geruch von Lilettes Suppe, der fehlte mir unheimlich.

Vielleicht fehlte mir auch etwas anderes. Sachen, die man nicht erklären kann, ihre Hand auf meinem Kopf und wie sie mir den Schal ganz fest um den Hals band, *Erkälte dich nicht, mein großer Esel!* Ihr Heugeruch in den Achselhöhlen. Und ihre überraschten Schreie, wenn ich sie von hinten ins Ohr küsste. Und wie ich sie hochhob, um sie durch die Luft fliegen zu lassen wie ein Flugzeug. »Mir bleibt die Luft weg, Dummerchen, du kennst deine eigene Kraft nicht! Hör auf, mir wird schwindelig …!«

Wenn ich in ihrem Zimmer stand und daran zurückdachte, musste ich lachen. Und das war schön zu hören, meine dröhnende Stimme, die vor dem Bett, in dem meine Lilette unsichtbar unter dem Laken schlief, richtig laut lachte, *hahaha!*

An manchen dieser Tage kam Jean ins Zimmer herein, einfach so, ohne Grund. Dann schaute er mich mit einer schlimmen Kälte in den Augen an. Wie Raureif. Sicher fehlte er ihm auch, der gute Suppengeruch.

»Hier zu sitzen, bringt nichts! Mama kommt nicht wieder, das weißt du doch … Geh aus dem Zimmer raus, hörst du?«, sagte er am Ende immer.

Und ich ging raus.

Jean ist mein kleiner Bruder. Vor allem in der Breite. Er ist dünn wie ein Hering. Aber wenn er Holz hackt, sieht man, wie stark er ist! Und wenn er mir eine scheuert, dann ist das nicht schön. Wenn ich früher Dummheiten gemacht habe, schimpfte Maman mit ihm: »Hör auf, deinen Bruder zu schlagen, er macht es nicht mit Absicht, das weißt du doch! Er versteht auch nicht mehr, wenn du ihn haust! Lass ihn doch seine eigenen *Erfahrungen* machen …«

Da hatte sie völlig recht. Er hat mich oft gehauen, aber ich habe nie kapiert, warum.

Jedenfalls war das Leben, als ich Lilette nicht mehr gesehen habe und mit Jean allein war, nicht mehr das gleiche, ganz und gar nicht. Das war eine neue Erfahrung.

Jean redete nicht viel mit mir. Er band mir meinen Schal nicht um. Er half mir nicht beim Waschen. »Du bist ein Mann, schau zu, wie du zurechtkommst! Ich werd dir nicht den Hintern abwischen! Ich kann solche Sachen nicht!«

Er rauchte wie ein Schlot, da würde Maman schimpfen, das ist im Haus nämlich verboten. Und er trank Schnaps, dabei war gar nicht Weihnachten. Oder aber ich lag völlig falsch mit dem Datum. Und der liebe Gott auch, es war nämlich fast Sommer! Man darf mich nicht für dümmer halten, als ich bin. Ich weiß Sachen. Und ich weiß genau, dass ich sie weiß.

Aber wenn ich zu ihm sagte: »Du wirst schon sehen, was Maman dazu sagen wird, wenn sie wieder da ist!«

Dann zuckte er mit den Schultern und schaute mich nicht mal an, wenn er antwortete: »Meine Fresse, du hast wirklich nix kapiert vom Leben!«

Mit Jean war es ein anderes Leben, was das Sauberkeitsgefühl und das gute Essen anging, meine ich. Aber der eigene Körpergeruch, der geht letztlich nicht über sich selbst hinaus. Oder aber man riecht ihn nicht mehr. Weil am Anfang, das weiß ich noch, da stank ich aus allen Körperöffnungen, und auch an den Füßen und unter den Armen. Aber nach einer Weile hat das aufgehört, da roch ich nichts mehr von meinem Körper. Komisch war nur, dass die Haut an den Backen und am Kinn piekste. Das Problem mit dem Bart ist, dass es juckt, wenn er wächst. Und man sieht seltsam aus mit diesen Haaren, die überall rauskommen, sogar den Hals herunter. Aber wenn man wartet – ziemlich lange wartet –, dann wird es wie Moos.

Das ist interessant zu beobachten: Die alten Haare werden schließlich weich. Die Zähne, die sind am Anfang unter der Zunge rau, und dann vergisst man sie. Den Dreck unter den Füßen, den kratzt man sich ab und pult ihn dann mit einem Stöckchen unter den Fingernägeln hervor. Oder manchmal mit einem Streichholz. Und der Geruch geht nicht über ein bestimmtes Stinkmaß hinaus. Das muss man ausprobieren, um es zu wissen. Das ist auch eine *Erfahrung*.

Aber gleichzeitig sagte ich mir, wenn ich mich im Spiegel sah: »Wie weit kann ein Bart wachsen? Wird er bis auf den Boden herunterhängen? Werde ich drauftreten und mich mit den Füßen darin verheddern?«

Und dann musste ich lachen über den Gedanken. Ich lachte laut, bis mein Bruder brüllte: »Halt's Maul, du nervst, verdammt noch mal!«

Maman Lilette schrubbte mich unter der Dusche immer lange ab, sie zeigte mir auch, wie ich mich selber waschen konnte. Aber mir gefiel das, es nicht selber zu können. Und morgens rasierte sie mich. Sie schäumte mein Gesicht ganz weiß ein, mit einer Seife, die gut roch. Ich hörte das krrrk, krrrk auf meiner Haut. Wir spielten, dass das die Schreie der abgeschnittenen, abgemähten Haare waren. »Oh! Die armen kleinen Haare, die ins Waschbecken fallen, Hilfe, schneidet mich nicht ab, ich will wachsen und zum Bart werden!« Zu spät, wir lassen das Wasser laufen, sie ertrinken! »Stimmt's, Maman, sie sind ertrunken?«

»Ja, mein Schatz.«

Wenn man die Haare abrasiert, spannt es nachher, dann tut man warmes Wasser auf die Backen und zack, schon spannt es nicht mehr! Das ist eine Erfahrung, die ich schon kenne.

Ich mochte es auch gern, wenn Maman sich über mich

beugte und ich ihre runden Brüste sah, aber nur im Sommer. Man kann nämlich durch Beobachtung lernen, dass Pullover bis zum Hals geschlossen bleiben, die sind dafür nicht gedacht. Ich meine dafür, Brüste sehen zu lassen.

Bei Jean waren es nur schwarze Brusthaare, die aus seinem Hemdkragen hervorschauten, das hatte auf mich überhaupt nicht die gleiche Wirkung.

Wenn sie mich rasierte, sagte Mama immer: »Den Rasierer rührst du nicht an, versprichst du mir das? Du könntest dich schneiden, das ist gefährlich und verboten.«

Ich habe ihn nicht angerührt. Das hatte ich ja versprochen. Deshalb ist der Bart in meinem Gesicht wie Unkraut gewachsen. Wenn Lilette wiederkäme, hätte sie ganz schön Arbeit damit! Sie würde einen ganzen Tag brauchen, um mich zu rasieren, mich zu schrubben und das verklebte Grau und Braun um den Hals und zwischen den Zehen abzukriegen. Mit den Nägeln geht es, da habe ich eine Technik rausgefunden, um sie oben abzuknabbern und unten vorsichtig abzureißen, von den Ecken her.

Jean kochte keine Suppe. Er machte Spiegeleier, schnitt daumendicke Schinken- und Brotscheiben ab, und dann ließ er seinen halben Teller einfach stehen, er sagte: »Verflucht, ich habe dieses Scheißleben satt!«, und dann ging er raus und knallte die Tür zu, und ich gab die Reste Calamine, draußen in ihrem Fressnapf.

Jean redete nicht mit mir. Oder er redete lange über schwierige Sachen, mit schnellen, immer anderen Wörtern, die er nicht mal wiederholte.

Manchmal sagte ich: »Was? Was sagst du?«

»Ach, gib's auf!«, antwortete er.

Und dann sagte ich nichts mehr.

Und wenn er abends wegging, ging ich Lilette besuchen.

Ich wusste, dass sie sich sicher versteckt haben würde, aber ich ging trotzdem hin. So. Ich sang ihr alle ihre Lieder vor. Jedenfalls die, die sich tief in meinem Ohr eingenistet hatten. Meine Stimme ohne ihre dazu holperte und stolperte. Ich sang … ich weiß nicht recht, wie ich sagen soll … wie jemand, der nicht gut sieht, wohin er den Fuß setzt. Ich war voller Leere in mir drinnen. Wie Hunger, aber weiter oben. Im Herz drinnen. Als würde es da weinen, nur ohne Tränen.

Das sind Erinnerungen, die man nicht zu sehr zu Eischnee schlagen sollte. Aber ich kann nicht anders. Es ist wirklich dumm, so dämlich zu sein.

Eines Abends ist Jean weggegangen. Und nicht wiedergekommen. Ich bin zu Lilette gegangen, um es ihr zu sagen.

»Jean ist nicht wiedergekommen. Er ist gestern weggegangen.«

Vorgestern.

Vor drei Tagen.

Vor so vielen Tagen, dass ich sie nicht mehr zählen kann.

Sie tat, wie wenn nichts wäre. Sie lag ganz still und flach da unter den straff gezogenen Laken, sie atmete absichtlich nicht mehr, machte unter dem geblümten Federbett keine Beulen mehr, die nach ihr aussahen. Sie spielte leeres Bett.

Das hätte ich nie von meiner Maman gedacht. Da hat sie mich ein bisschen enttäuscht. Ich liebe sie immer noch, klar, aber ich bin ihr auch ein bisschen böse. Wenn sie sich wieder zeigt, dann sage ich es ihr. *Das war nicht schön, mich allein zu lassen. Du bist nicht lieb.*

Ich habe probiert, Jean anzurufen. Ich habe das Telefon genommen und auf die Tasten gedrückt, so wie Maman es immer getan hat und er auch. Ich habe gesagt: »Hallo, Jean? Hallo, Jean? Ich bin ganz allein, kommst du wieder? Hörst du mich? Kommst du wieder, Jean? Du kommst doch wieder nach Hause, Jean, oder? Oder, Jean?«

Er hat nicht geantwortet, weil das Telefon kaputt war. Ich hörte nur *tuuuuuuuuuuuut*.

Ich drückte auf die Nummern und sagte: »Du musst zurückkommen, Jean, es ist jetzt Nacht, ich bin ganz allein, und ich hab Hunger! Jean, kommst du wieder? Ich bin auch ganz lieb, kommst du wieder?«

Und dann machte es wieder nur *tuuuuuuuuuuuuut*.

Von da an ging ich ein bisschen weniger oft in das Zimmer. Und dann noch weniger als dieses Weniger. Und weniger als gar nicht mehr. Ich verstand wohl, dass da sicher irgendwas zu verstehen war. Dass die Leute einfach so weggehen können, Stückchen für Stückchen, bis man sie nicht mehr sieht. Und sie keine Suppe mehr kochen. Oder nicht mehr wiederkommen, wenn sie der Bruder sind, zum Beispiel.

Ich entdeckte, dass solche Sachen möglich sind. Man sagt sich, das ist doch nicht möglich, aber das ist es. Man glaubt es nicht, aber es ist wahr.

Ich weiß im Leben ziemlich oft, dass man Dinge verstehen muss. Aber das Anstrengende ist, dass ich meistens nicht weiß, was.

Maman sagte zu mir: »Mein armer Étienne, du hast nicht für drei Groschen Hirn im Kopf«, und das ist nicht viel, weil Groschen sind das Geld von früher, das nichts mehr wert ist. Das weiß ich, das hat sie mir selbst gesagt. Drei Groschen, die nichts wert sind, das ist alles, was ich im Kopf habe!

Aber vorher, als ich noch die Suppe und die Dusche hatte, da war es mir egal, dumm zu sein. Intelligenz muss man nur haben, wenn man sie braucht.

Und ich brauchte nichts.

Damals fand ich es kompliziert, über neue, wichtige Fragen nachzudenken, nicht nur über solche wie: *Woher wissen die Ameisen, dass noch Zucker zum Fressen auf dem Tisch ist?*

Jetzt musste ich über viel schwierigere Probleme nachdenken, zum Beispiel: *Ich habe Hunger, wie finde ich was zum Essen?*

Fragen wie die Suppe, zum Beispiel. Die Suppe ist etwas Technisches. Ich weiß noch, dass Maman Lilette Gemüse reintat. Man muss sich gut an alles erinnern. Karotten – Kartoffeln – Rübchen – Lauch.

Im Garten ist Gemüse, das weiß ich. Da ging ich mit Mama hin, bevor sie sich versteckte. Daran erinnere ich mich. Das Gemüse ist in der Erde vergraben. Aber wenn man Löcher gräbt, findet man nicht jedes Mal etwas, so einfach ist das nicht. Man meint, es wäre einfach, aber das ist es nicht. Es reicht nicht, hier und da ein Loch zu graben, und zack hat man einen Korb voll Gemüse! Manchmal findet man gar nichts, nur Gräser mit Wurzeln, aber kann man die essen? Wir tun sie in die Suppe rein, dann sehen wir schon. Jedenfalls muss man genau wissen, wo man die Löcher gräbt.

Genau das meine ich. Das ist nicht so einfach. Manchmal gräbt und gräbt man und findet nichts.

Anderes Gemüse ist unten im Vorratskeller, zum Beispiel Kartoffeln.

Die Suppe … Man muss Wasser in den Topf tun. Und das Gemüse kleinschneiden. Aber Messer darf ich nicht anrühren, das ist verboten, und ich habe es versprochen. Man muss

Feuer unter dem Kochtopf machen, aber das Gas – »Oje oje, nein! Du rührst mir das Gas nicht an, Étienne, das brennt, das ist viel zu gefährlich!«

Das Gas ist auch verboten. Und ich habe es versprochen.

Also tat ich Wasser in den Topf. Und dann das Gemüse ins Wasser, nur mit meinen Händen zerkleinert, wenn es irgendwie ging, aber bei den Kartoffeln war da nichts zu machen, die kann man nicht einfach so mit den Händen zerteilen! Bei den Karotten bin ich Weltmeister. Der Lauch dagegen biegt sich nur, der ist ganz weich, aber man kann die Blätter abziehen. Die Kartoffeln habe ich ganz reingeworfen, und die Rübchen auch. Und dann ging ich schlafen und sagte mir: *Morgen früh wache ich auf, und mmmmhhh!, dann gibt es eine gute Suppe. Eine gute Suppe für wen? Für Étienne! Mmmmhhh!*

Aber als ich die Augen aufmachte, roch es nicht nach dem guten Geruch. Das Wasser in der Suppe war oben gräulich und auf dem Boden erdbraun. Und das Gemüse war immer noch ganz schmutzig. Und hatte die Form von hartem Gemüse, von Étienne mit den Händen zerkleinert. Also rührte ich mit dem Löffel um und ging draußen spazieren und dachte, *Mmmmhhh! Wenn ich zurückkomme, gibt es eine gute Suppe.* Aber als ich zurückkam, war es immer noch genauso. Nur dass nach ein paar Tagen Schaum am Topfrand war und eine Art weiße Blumen auf dem Wasser schwammen. Und das Gemüse wechselte die Farbe, zuerst der Lauch und die Karotten. Und es roch auch, aber überhaupt nicht nach Mamans Suppe.

Das Schwierige war auch zu wissen, was ich tun sollte. Maman Lilette sagte mir immer, was ich machen sollte, oder aber Jean.

»Étienne, komm mir helfen, du kannst die Leiter festhalten!«

»Étienne, ich gehe in den Gemüsegarten, trägst du den Korb?«

»Étienne, bring den Hühnern die Gemüseabfälle.«

»Étienne, nimm den Korb, wir gehen die Wäsche auf die Leine hängen.«

Das war einfach. Aber jetzt wusste ich nicht mehr, was ich machen sollte, um etwas zu tun. Ich ging die Eier holen, das weiß ich schon. Und dann? Dann ging ich Kirschen pflücken – »Schau mal, Maman, wie schön sie dieses Jahr sind, ich habe einen ganzen Korb voll!«. Interessant ist, dass auch Marmelade zu dem Technischen gehört. Dafür braucht man sicher auch Gas. Weil die Kirschen nämlich auch weiße Flecken kriegen, die werden ganz weich und braun, und es läuft ein Saft raus, der an den Fingern klebt. Aber wenn man sich die Finger abschleckt, schmeckt er faulig und enttäuschend.

Jedenfalls musste ich in der Zeit sehr viel nachdenken. Abends hatte ich davon manchmal sogar Kopfweh. Maman, die sich versteckte, und Jean, der weg war. Schinken schneiden, aber wie, wenn Messer verboten sind und ich es doch versprochen habe? Und dann die Teller mit den grünen Haaren, die darauf wachsen, auf den Apfelbutzen. Und das Fleisch, das scheußlich stinkt und das ich auch noch roh essen muss, verdammt noch mal …! Die Milch, die nach Käse riecht und sich mit einer weißen, an den Rändern gelblichen Schicht überzieht. Der Topf mit der Suppe, der vor blauem Schaum und grünen Haaren überläuft und auch nicht gut riecht. Überhaupt nicht gut. Und alles ist ein Saustall, und nie ist am nächsten Morgen aufgeräumt. Und der Mülleimer ist auch nie leer.

Ich war sehr müde davon, nie zu wissen, wie man alles macht. Das war eine traurige Zeit, muss ich sagen. Um die tut es mir nicht leid.

Eines Morgens bin ich mit Bauchweh im ganzen Bauch aufgewacht, das war etwas sehr Überraschendes, sehr Neues. Zuerst habe ich mich übergeben und dann habe ich Durchfall bekommen. Das hat mir nicht gefallen, ich habe Angst bekommen. Ich habe nach Maman Lilette gerufen, von der Toilette aus, ganz oft. »Maman, ich hab kein Papier mehr! Bringst du mir Papier, Maman?«

Aber sie ist immer noch nicht gekommen. Und das hat mir auch nicht gefallen.

Als ich dann aus der Toilette rausgekommen bin, habe ich sie angerufen. »Maman, es geht mir nicht gut, ich habe Bauchweh. Maman, ich habe überall hingemacht, sogar in meine Hose. Maman, kommst du jetzt? Bitte, kommst du, Maman?«

Aber das Telefon war weiter kaputt, außer dem *Tuuuu-uuut*, das immer noch funktionierte.

An dem Tag habe ich geweint.

Kurz danach bin ich Hund geworden.

Am Anfang bin ich Hund geworden, um nicht allein zu sein. Die Einsamkeit ist nämlich hart, wenn man ganz allein ist. Ich mochte Calamine gerne. Ihr schwarzes, fettiges Fell, ihre Pfoten mit Haut zwischen den Zehen, wie bei den Enten. Ihr Nasser-Hund-Geruch nach einem Regenschauer. Eines Abends bin ich sie in ihrer Hundehütte besuchen gegangen. Ich habe ihr gesagt, dass ich nicht besonders gut drauf bin, nein, gar nicht. Ich habe ihr das freundlich gesagt, als Entschuldigung, damit sie verstand, dass ich nicht weiter als Mensch leben konnte, mit niemandem zum Reden außer meinem bärtigen Gesicht im Bad. Ich habe ihr auch die Sache mit dem Müll erklärt und mit den Fliegen im Haus. Damit sie nicht glaubte, dass ich mich ohne gute Gründe bei ihr einnistete. Aber sie hat genau gesehen, dass es mir schlecht ging. Sie ist einfach ein bisschen zur Seite gerückt, ohne zu mucksen. Calamine ist intelligent, sie versteht Sachen.

Es lief gut zwischen uns. Wir spielten draußen auf der Wiese. Ich tat so, als ob ich ein Cowboy wäre, ich rannte hinter ihr her, sie war meine Beute und ich zog ihr das Fell ab. Wir lachten uns zusammen kaputt, *haha, wauwau.*

Wenn es etwas gibt, was ich aus eigener Erfahrung weiß, dann das: Ein Hund kann lachen. Und zwar richtig!

Wir aßen ungefähr das Gleiche, sie und ich, von den Knochen mal abgesehen. Knochen mag ich nicht. Am Anfang ist es lustig, daran zu nagen, aber nach einer Weile ist es genug.

Außerdem glaube ich, man kriegt davon Verstopfung. Calamine hatte eine große Hundehütte – fast ein Häuschen, eigentlich –, und ich konnte darin locker sitzen. Und liegen auch, was gut ist zum Schlafen.

Sie hat mich nie angeknurrt, nie gebissen.

Das sagte Lilette dauernd zu allen Leuten, und man konnte sehen, dass sie stolz darauf war: »Calamine könne jeden auffressen, aber meinem ältesten Sohn würde sie nie auch nur ein Haar krümmen! Étienne ist wie ihr Baby. Es ist verrückt, was diese Hündin alles versteht. Einfach verrückt!«

Wenn ich zum Schlafen in die Hütte kam, seufzte Calamine immer, *mmfffff,* dann schob sie ihren dicken, pelzigen Hintern zur Seite, um mir ein bisschen Platz zu machen. Ich dachte, wenn ich ihr Baby war, dann war es ja wohl normal, dass sie mir Platz machte. Und wenn ich ihr Baby war, dann hieß das doch sicher, dass ich auch ein Hund war. Vielleicht hatte mich Maman ja deshalb verlassen, und mein Bruder Jean genauso. *Wie, dieser Étienne Bruhaut ist doch nicht mein Baby, er ist das Baby von Calamine, da werde ich mich doch wohl nicht um ihn kümmern müssen? Das ist nicht mein Bruder, das ist nur ein Köter, um den kann sich Calamine kümmern!*

Aber das ist nicht gut, nicht sehr christlich, weil wenn man Tiere zu Hause hat, dann muss man sich um sie kümmern. Sonst hätten sie mich eben nicht nehmen dürfen.

Na ja, das sind jedenfalls die Gründe und Umstände, warum ich Hund geworden bin.

Man glaubt lauter Quatsch. Man glaubt, es sei nicht lustig, als Hund zu leben, es sei schwer.

Was schwer ist, ist, auf allen vieren zu laufen. Das ist wirklich keine leichte Sache! Ich habe es schon ein bisschen probiert, am Anfang, um Calamine eine Freude zu machen. Aber es war zu spät für mich, glaube ich. Wenn ich ganz früh damit angefangen hätte, dann wäre mein Hinterteil vielleicht beweglicher, aber so, nee, echt nicht.

Das Geheimnis des Zufriedenseins im Leben ist, dass man sich nicht zu sehr versteifen darf, wenn es um Unmögliches geht. Ich war ein Hund, okay, aber doch trotzdem auch ein Mensch. Ein bisschen beides, aber noch nicht lange.

Wenn ich ein Wort dafür finden müsste, würde ich sagen, ich war ein Hundsch.

Schinken ohne die Finger zu essen, ist auch nicht besonders praktisch. Calamine hatte den Dreh raus. Sie klemmte den Schinken zwischen den Pfoten fest, umklammerte den Knochen und kaute dann auf der Schwarte herum. Sie bekam immer etwas herunter. Und wenn ich nach ihr drankam, war der Schinken ganz schön voll gesabbert!

Aber ansonsten ist es auch nicht schwerer, Hund zu sein, als Mensch. Ich habe da jedenfalls in der ganzen Zeit keinen großen Unterschied gemerkt.

Ich holte Schinken, Dauerwürste und Pasteten aus dem Keller hoch. Die Pelle von den Dauerwürsten nimmt man ganz fein zwischen zwei von den spitzen Zähnen, die man seitlich im Maul hat. Und dann zieht man und sie schält sich in kleinen Fetzen ab, so wie die braune Haut auf den Schultern im Sommer. Für die Pasteten haut man das Glas mit einem großen Stein kaputt. Aber danach muss man aufpassen, dass man sich mit den Scherben nicht die Zunge zersäbelt.

Außerdem ging ich Eier von den Hühnern holen. Manchmal trug ich sie im Maul zurück, und beim Kaputtmachen war ich besser als Maman Calamine. Ich ließ sie auf den Boden fallen, auf einen flachen Stein, knacks, und dann schleckte ich sie auf. Und ich mochte Obst, Calamine nicht. Die Äpfel in den Kisten waren also alle für mich! Was das Trinken angeht, und ich schäme mich nicht, das zuzugeben, da hatte ich am Anfang nicht die richtige Technik drauf. Schlabbern ist etwas *extrem* Technisches, das denkt man gar nicht.

Ansonsten hat es eine Menge Vorteile, Hund zu sein. Viel mehr Vorteile als Nachteile, ehrlich gesagt. Man schläft viel, zum Beispiel im Schatten auf der Terrasse, wenn die Fliesen warm sind von der Morgensonne. Pinkeln und so weiter tut man, wo man will. Man kratzt sich am Bauch, man wühlt sich im Fell rum, ohne dass irgendjemand sagt: *Hör auf damit, räum deinen Saustall auf, benimm dich anständig.* Man lässt sich von Maman Calamine zwischen den Zehen abschlecken, was kitzelig ist, aber doch lustig, weil es sich ganz rau, warm und nass anfühlt. Wenn man Hund ist, geht man kein Holz sammeln. Man kriegt nie eine gescheuert, zum Beispiel von seinem Bruder. Man wird auch nie als Trottel oder als Mongo beschimpft. Aber das sage ich nur so als Beispiel.

Ehrlich, nur die Sache mit dem Fressen will ein bisschen gelernt sein. Das ist bei allem so im Leben. Nichts fällt gebraten vom Himmel.

Aber es gibt natürlich auch in einem Hundeleben schwierige Momente. Zum Beispiel der Tag, wo Calamine das Gleiche gemacht hat wie Lilette und Jean.

Außer dass sie nicht verschwunden ist. Weder im Bett noch durch die Tür.

Sie hat angefangen, sich im Kreis zu drehen und mit einer komischen Stimme herumzujaulen. Und dann hat sie überall auf die Terrasse gekotzt und an verschiedene Stellen im Hof. Danach ist sie zu mir in die Hundehütte gekommen und hat sich ganz zitternd dicht neben mich gelegt. Ich dachte, sie würde es genauso machen wie ich im Haus, sie würde in der Hundehütte ihre Gedärme entleeren und wir müssten dann zum Schlafen in eine Ecke der Scheune umziehen, und das fand ich nicht so toll, weil es da durch alle Ritzen zog.

Aber nein, sie hat dicht gehalten.

Am nächsten Morgen habe ich gedacht, sie hätte nicht gemerkt, dass Morgen war, weil sie die Augen zubehalten hat. Und auch den ganzen Tag. Und den nächsten Tag. Sie ist ganz steif geworden, ihr Fell war verklebt, ihr Bauch kalt. Dann hat sie angefangen aufzugehen wie ein Hefeteig. Und zu stinken, eine Stinkerei, wie man sie sich nicht mal vorstellen kann. Schlimmer als das schwarz gewordene Steak, auf dem lauter grüne Blumen gewachsen sind.

Ich habe sie aus der Hundehütte rausgeholt und zum Misthaufen geschleift.

An dem Tag fand ich, dass das Leben wirklich nicht leicht zu verstehen ist, was das Glück angeht, meine ich.

Ich bin noch eine Weile Hund geblieben. Aber wenn man niemanden hat, dem man den Knochen stibitzen und mit dem man das Schinkenfett teilen kann, dann schlägt das aufs Gemüt.

Die Hundehütte war jetzt nicht mehr dieselbe. Nicht mehr so toll, ehrlich gesagt.

Natürlich war ich da glücklicher als in meinem Menschenhaus, wo Lilette fehlte und der Bruder abgehauen war. Und von der Hundehütte aus konnte ich den Hof bewachen, falls jemand käme. Ich bewachte das Haus sehr gut. Ich versuchte mich ein bisschen im Bellen und Knurren, aber damit ist es wie mit allem anderen, es braucht Übung!

Wenn ich zum Mittagsschlaf in den Hof ging, dachte ich über das Problem mit dem Glück nach, was eine ernste, wesentliche Frage ist. Als ich Lilettes Sohn war, liebte ich die Suppe und die Küsschen und die weiche Haut am frisch rasierten Kinn, das Kitzeln des Schaums, das laufende Wasser und den Waschlappen, der mich überall abrubbelte. Das Glück war voller Seife und leckerem Gemüse.

Als ich Calamines Sohn war, war das Glück ihre Zunge zwischen meinen Zehen, auf meiner Nase und im Gesicht. Und ihr Hundegeruch. Und Wasser zu schlabbern und damit herumzuspritzen, und auf den warmen Fliesen der Terrasse in meinen Haaren untenrum herumzuwühlen, mit gespreizten Beinen und nacktem Bauch. Das Glück war, mein Lachen laut herauszubellen und zu tun, was ich wollte, zum Beispiel gar nichts.

Mein Leben als Hundsch war äußerst interessant, es gab jeden Tag etwas Neues zu lernen. Ich war sehr stolz auf mich, dass ich die Dinge so gut begreifen konnte. Zum Beispiel, dass man zum Schlabbern die Zunge nicht zu tief eintauchen darf, sondern sie im Gegenteil an der Oberfläche lassen muss, zum Löffel gewölbt, und in kleinen Zügen saugen, um das Wasser durch die Rinne hochsteigen zu lassen.

Und dass man nicht genau da kratzen darf, wo der Floh sitzt, sondern ein ganz kleines Stückchen weiter, um ihn zu erwischen. Das ist auch eine technische Sache, aber es ist vor allem der Instinkt, der einen spüren lässt, auf welcher Seite der Floh seinen Kopf hat. Auf dieser Seite muss man etwas weiterkratzen, weil er ja springt. Nicht auf der Arschseite, sonst ist man nämlich gearscht. Wenn Sie verstehen, was ich meine, und verzeihen Sie den Ausdruck.

Gleichzeitig fand ich es komisch, in dieser Hundehütte ganz allein zu sein. Und dann habe ich langsam kapiert, warum. Es lag am Dach über mir.

Wenn ich draußen war, ging alles gut, da hatte die Welt für mich keine Geheimnisse. Und dann ging ich rein und es war, als hätte ich in meinem Kopf einen Fensterladen zugeklappt. Und ich fühlte mich auch schlecht. Als müsste meine Lunge die Luft kauen, bevor sie rauskonnte. Und durch die Tür der Hundehütte konnte ich einfach nichts sehen. Nichts als ein paar Steinplatten, einen Pfosten des Tors, ein paar von seinen Gitterstäben. Nicht einmal die Farbe des Himmels, außer wenn ich mich mit der Schnauze direkt an die Öffnung legte.

Also musste ich nach diesem Tag in der stinkenden Hundehütte, an dem ich Calamine auf den Misthaufen geworfen hatte, und nach all den folgenden Hundschtagen ganz allein wohl oder übel meine Gewohnheiten ändern.

Nachts habe ich dann lieber draußen geschlafen. Unter dem Mond. Um frische Luft zu atmen und an Sachen zu denken. Ich hatte endlich kapiert, dass ich nicht denken kann, wenn ich drinnen bin. In einem Haus oder in einer Hundehütte, meine ich. Ich glaube, der liebe Gott kann keine Gedanken in meinen Kopf reinlassen, wenn zwischen mir und ihm eine Decke ist. Ich glaube, das ist die richtige Erklärung: Die Gedanken sind zu weich und die Decken zu hart. Man muss draußen sein, damit es funktioniert. Dächer sind Hindernisse für das Denken von Gedanken.

Am ersten Abend draußen zum Beispiel, da habe ich mir auf einmal einfach so gesagt, dass es eine Menge Orte auf der Welt gibt, wo auch Hundehütten sind. Eine Menge Orte weiter weg als bei Monsieur Viala und der Autowerkstatt Aubert, meine ich. Die fallen mir ein, weil sie auch Hunde haben.

Mir ist ganz schwindelig von dem Gedanken geworden, dass ich in einer so großen Welt lebe, dass ich nie alle Hundehütten sehen könnte, die es gibt, auch wenn ich mein Leben lang von einer zur nächsten rennen würde. Das hat mir eine Vorstellung von der Unendlichkeit gegeben. Und da habe ich verstanden, dass ein Hundeleben letztlich nichts anderes ist als ein Menschenleben dicht über dem Erdboden. Nur freier, das zu tun, wozu man Lust hat, klar.

Aber man hat keinen weiten Blick, als Aussicht. Nur bis zum Hoftor, nicht weiter.

Ich habe irgendwie geahnt, dass es ein böses Ende nehmen würde, wenn ich bis zum Ende meines Lebens Hund bliebe. Es könnte mit Kotze, Würmern und dem ganzen Rest enden, was nicht lustig und für die anderen Leute sehr unangenehm ist.

Ich habe mir gesagt, jetzt würde ich gerne *das Glück kennenlernen*.

Nur ist es schön und gut, etwas gern zu wollen, aber man muss das genauer denken. Weil es nämlich nichts nützt, Antworten zu haben, wenn man nicht mal die Frage versteht.

Ich habe mir gesagt: *Man müsste wissen, woraus das Glück gemacht ist, aber jedenfalls findet man es sicher frühmorgens.*

Wegen dem Sprichwort, wissen Sie? *Wer früh aufsteht, findet doppelt so viel Glück.* Als ich das dachte, musste ich lachen, und es war erstaunlich: Wenn ich jetzt lachte, klang es fast wie *wauwau!*

Und da ist mir meine Idee gekommen. Das ist ein komisches Gefühl, wenn das Verstehen im Kopf ankommt, das können Sie sich gar nicht vorstellen! Wie ein Gefühl von Intelligenz. Aber ich könnte es nicht beschreiben, es hat ja keine Form, kein Gewicht und keinen Geruch, nicht einmal ein Geräusch, das meldet, da ist sie, die Idee. Ideen sind doch ziemlich nah am Nichts dran, wenn man es sich überlegt.

Meine Idee war also, dass das Glück *frühmorgens* kommt *(wau, wau!)*. Also muss man sehr früh aufstehen. Und da habe ich verstanden, warum Lilette sagte, dass ich das Glück nicht kennenlernen würde. Ich stehe nämlich normalerweise spät auf. Und so kann man sein Leben verpfuschen, sein Leben als Mensch oder als Hund, oder sogar alle beide! Wegen so einer kleinen Faulenzerei, die man für folgenlos hält. Ist doch verrückt, oder?

Nur: Wie sah das Glück wohl aus? Mich das zu fragen, half mir nicht weiter. Aber das war nicht schlimm. Ich musste nur nachdenken. Mein Kopf war jetzt schon trainiert. Ich war ein guter Nachdenker.

Aber nur draußen, im Freien, wie gesagt. Und bis jetzt auch nur für kleine und wirklich messbare Sachen, zum Beispiel, wie lange eine dicke Spinne braucht, um eine Fliege zu fressen. Oder: *Was kommt raus, wenn man einen Regenwurm durchschneidet, gibt das zwei?*

Ich will euch die Antwort verraten: Es gibt nicht zwei Regenwürmer, sondern zwei Wurmstücke, die herumzappeln und dann eingehen. Aber das kann eine Weile dauern. Deswegen ist es ein ganz guter Zeitvertreib und eine interessante Erfahrungsbeobachtung.

Ich habe mich also jeden Tag unter den großen Baum vor dem Hauseingang gesetzt und mich gefragt, was das Glück wohl sein mochte, wenn man kein Hund mehr ist und auch kein Mensch. Ich achtete gut darauf, morgens früh aufzustehen. Frühmorgens. Ich wartete bis weit in den Nachmittag hinein, dass der Morgen vorbei war. Und dann ging ich in den Vorratskeller und nahm mir eine Dauerwurst vom Haken.

Eines Tages sang da ein Vogel direkt über meinem Kopf. Er saß im Baum, aber ich konnte ihn nicht sehen. Ich lief rings um den Baum herum, ich hörte ihn singen, aber ich sah ihn nicht. Und ich weiß nicht genau, warum – das Warum der Dinge weiß man nie, jedenfalls ich nicht –, ich wollte ihn unbedingt aus der Nähe anschauen, um zu sehen, ob der Vogel eine Trauermeise oder eine Kohlmeise war, ein Pirol oder irgendein anderer, den ich nicht kenne.

Das herauszufinden war für mich etwas Wichtiges.

Ich habe die Leiter geholt. Erstaunlicherweise ist mir das sofort eingefallen, als Vorgehensweise. Ich habe gedacht: *Dieser Vogel ist zu weit oben für mich!*, und gleich danach war in meinem Kopf: *Leiter!*

Ich glaube nicht, dass die Leiter verboten ist. Jedenfalls habe ich da nichts versprochen. Ich habe sie aus dem Schuppen geholt. Nicht die größte, die ist zu schwer, die mussten wir immer zu zweit tragen, Jean und ich. Ich habe die mittlere genommen. Ich habe sie gegen den Baumstamm gelehnt, ein bisschen daran herumgeruckelt, *kling, klang*, wie mein Bruder es immer machte. Um zu schauen, ob ich nicht runterfallen würde. Dann bin ich hochgestiegen, aber langsam, um nicht zu riskieren, ganz schnell wieder unten zu landen. Der Baum ist nicht sehr hoch. Nicht wie die Platanen am Straßenrand oder die Kastanien hinterm Haus. Ich bin bei den großen Ästen angekommen, und da, an der Stelle, von wo die Äste ausgehen, wo es sich öffnet wie eine Hand mit lauter dicken Holzfingern, habe ich gesehen, dass da eine ganz flache Stelle war. Wie ein kleiner Sessel, um sich hineinzusetzen.

Ich habe mich gesetzt und musste lachen. Der Vogel war weggeflogen, aber gleich danach ist er wiedergekommen, etwas höher in den Ästen. Und dann noch ein zweiter. Ich schaute mir ihren Bauch und die Flügel von unten an, und ihre kleinen Füßchen. Es war schön, in einem Blätterhaus zu sein, von wo ich die Sonne und den Himmel durchscheinen sah. Auf der einen Seite konnte ich bis zur Straße schauen, und auf der anderen, wenn ich den Hals ein bisschen streckte, sah ich den oberen Teil des Kirchturms. Und wenn ich den Kopf senkte, um auf die Erde zu schauen, wurde mir ein bisschen schwindelig, aber überhaupt nicht vor Angst. Es war ein gutes Gefühl, das ich so noch nie erlebt hatte. Ein Gefühl, das in meinem Kopf das Gleiche auslöste wie der Geruch der Suppe in meiner Nase. Und da wusste ich plötzlich, was das Glück ist. Das ist etwas, das man erlebt haben muss, um es zu verstehen. Es hatte mir nämlich viel besser gefallen, Hund zu sein als Mensch. Aber das war noch nicht genug gewesen, wegen diesem Dach über meinem Kopf und weil ich nicht sehr weit schauen konnte. Aber jetzt, wo ich bequem und sicher da oben saß, ohne Gefahr zu laufen, beim Flöhekratzen gleich abzustürzen, und weit in die Ferne schaute bis zu der Kurve, da verstand ich diese Idee vom Glück sehr gut.

Kann sein, dass Hundsein wahres Glück bedeutet. Aber hoch oben auf einem Baum.

Es war schön, jeden Tag auf den Baum zu steigen, da oben Wurst zu essen und den Vögeln auf den Bauch zu schauen. Ich pfiff leise, um sie zu begrüßen, piep piep piep, trii trii triii. Wir wurden mit der Zeit Freunde. Ich musste viel lachen da oben, die ganze Zeit, den ganzen Tag.

Ich kannte das Glück jetzt sehr gut, weil ich ja froh war. Manchmal besuchte ich Lilette kurz, auf dem Weg in den Vorratskeller. Ich steckte den Kopf durch die Tür und sagte: »Ich bin auf dem Baum, Maman, such mich nicht, ja? Ich bin auf dem Baum, ich hab keine Angst!« Und dann ging ich weiter, kam noch mal zurück, steckte den Kopf rein und sagte: »Außerdem hab ich einen neuen Freund. Ich kann genau so singen wie er, hör mal: piep piep piep, trii trii triii … Hast du gesehen, wie gut ich das kann? Hast du gesehen? Also, dann geh ich mal wieder …«

Eines Morgens hörte ich das Telefon klingeln, als ich mit einem Einmachglas aus dem Keller raufkam. Ich dachte, das muss Jean sein, der wiederkommt. Er klingelt mit dem Telefon, weil er wiederkommt. Ich war froh, aber es machte mir auch ein bisschen Sorgen. Im Haus roch es nämlich nicht so gut, seit ich krank gewesen war. Und die Fliegen, und der Müll. Und die Suppe. Und durchs Fenster Calamine, die auf dem Misthaufen wimmelte, mit Tausenden von Würmern in ihrem Fell.

Und Jean wäre sicher nicht damit einverstanden, dass ich auf dem Baum schlief. Aber ich wollte nie mehr in meinem Bett schlafen. Nicht nur wegen dem Pipi, sondern wegen dem Dach über meinem Kopf. Und wegen meinen ganzen Erfahrungen mit dem Hundsein und neuerdings auch ein bisschen Vogelsein.

Das Telefon hörte von allein auf zu klingeln. Ich hob ab, es sagte nur *tuuuuuuuuut*.

Ich wusste, dass etwas passieren würde. Aber ob es etwas Gutes oder Schlechtes sein würde, das wusste ich nicht!

Das war der Tag, an dem mein Cousin Pierre gekommen ist. Ich habe ihn schon von weitem in der Kurve gesehen. Ich kenne sein Auto gut.

Ich bin vom Baum gestiegen, um auf ihn zu warten. Ich war ganz aufgeregt im Bauch. Ich bin schnell aufs Klo gelaufen, danach ging es besser. Er ist mit dem Auto in den Hof gefahren und ausgestiegen. Ich bin hingerannt, um ihn zu begrüßen.

Und da hat er etwas Erstaunliches getan. Als er mich gesehen hat, ist er schnell wieder in sein Auto gesprungen und hat das Fenster hochgekurbelt, als ob er Angst hätte. Da wurde ich ein bisschen traurig, ich habe schließlich noch nie jemanden gebissen, soweit ich mich erinnere.

Also bin ich stehen geblieben, ich wusste nicht recht, was ich machen sollte. Mit dem Schwanz wedeln und hochspringen oder ihn anknurren? Aber da hat Pierre die Augen aufgerissen und ist sich mit der Hand übers Gesicht gefahren, ganz langsam. Er hat das Fenster heruntergelassen und gefragt: »Étienne? Bist du das?«

»Na klar!«, habe ich gesagt und gelacht. »Na klar bin ich das! Ich bin Étienne. Und du, Pierre, bist du das?«

»Bist du allein?«, hat er gefragt.

»Ja, Jean ist weggegangen. Er ist weggegangen und nicht wiedergekommen. Und Maman, die schläft, man darf sie nicht stören, sie will nicht, dass man sie sieht. Sie versteckt sich. Ich war auf dem Baum. Bist du das, Pierre?«

»Herrgott, wie siehst du denn aus!«

Er ist wieder ausgestiegen und auf mich zugekommen, Da habe ich mich in seine Arme geworfen, weil es so gut tat, ihn zu sehen. Es tat mir gut in meinem Hundeherz und in meinem Menschenherz. Und in meinem Vogelherz, neuerdings. Pierre war immer nett zu mir gewesen. Ich habe ihn ganz fest gedrückt, wie Maman Lilette. Und es fühlte sich an wie mit ihr, weil er auch kleiner ist als ich.

»Oh, Étienne, du stinkst vielleicht!«, hat er gesagt und mich abgewehrt. »Komm, lass mich los. Beruhige dich, ja? Komm rein.«

Drinnen hat er sich im Haus umgeschaut, dann hat er mich angeschaut. Dann wieder rings um sich herum. Er hat nichts gesagt zu den grünen Mooshaaren auf dem Tisch und auf den Tellern und zu der getrockneten Kotze auf dem Boden. Und zum Müll mit den Fliegen und zu dem Geruch. Er hat mich nur angeschaut. Nicht wütend, sondern so wie Lilette, freundlich und ein bisschen ratlos. Aber er hat nicht geschimpft. Er hat nur gemeint: »Mach dir keine Sorgen, Étienne, es wird schon wieder. Weine nicht, komm.«

Ich habe mir die Augen abgewischt und ihn angelächelt. Er hat das Telefon genommen.

»Es funktioniert nicht, es ist kaputt!«, habe ich gesagt.

Er hat eine Augenbraue hochgezogen, auf die Nummern getippt und geantwortet: »Doch, Étienne, es funktioniert. Du musst lernen, es zu benutzen.«

Er hat ins Telefon geredet, um zu sagen, ja, ja, er habe seinen Neffen Étienne – das bin ich – zu Hause vorgefunden. Er werde sich erst mal um ihn kümmern. Es sei höchste Zeit gewesen, dass er kam. Er werde am nächsten Tag kommen, um seinen anderen Neffen zu identifizieren, morgen früh, kein Problem. Ob man wisse, seit wie vielen Tagen Jean im Kanal gewesen sei? Vielleicht zwei Monate? »Was für eine Geschichte!«, hat er gesagt.

Als er aufgelegt hat, habe ich ihn gefragt: »Sagst du Jean, dass er nach Hause kommen soll?«

»Komm zuerst mal unter die Dusche, Étienne, du stinkst wirklich wie ein Schwein. In dem Zustand kann ich dich nicht mit nach Hause nehmen! Über Jean reden wir nachher, einverstanden?«

Ich habe »Ja, einverstanden« gesagt.

Ich zeige mich nicht so gern nackt vor anderen Leuten, zum Beispiel vor meinem Bruder Jean. Weil ich nicht gern Ohrfeigen ins Gesicht kriege, wenn ich unter der Dusche herumzappele. Aber Pierre hat sich gar nicht aufgeregt. Er wusste nicht genau, wie er mich überall waschen sollte, weil ich größer bin als er. Und zu zweit in der Dusche wäre er auch nass geworden. Aber er hat mich nicht gehauen, was beweist, dass er sehr nett ist. Was ja eigentlich auch normal ist, weil er mein Onkel und der Bruder von Maman Lilette ist. Das ist ein bisschen, als ob er meine Maman als Mann wäre, nur in jünger. Einmal hat er sogar gelacht. Er hat gesagt: »Du bist ja schlimmer als meine Kinder! Du spritzt überall herum!«

Danach hat Pierre die Schränke durchsucht. Er hat Kleider von mir und Kleider von Jean gefunden.

»Und deine Schuhe? Wo sind deine Schuhe?«

Ich habe ihm gesagt, dass ich das nicht weiß. Was in Bezug auf die Wahrheit nicht ganz stimmt. Ich weiß nur von dem einen nicht, wo er ist. Der andere ist schmutzig.

»Was hast du denn gegessen, Étienne, seit du allein bist?«

»Schinken … Kirschen … Dauerwurst … Leberpastete …
Eier von den Hühnern …«

»Alles klar …! Wenigstens hast du keinen Hunger gelit-
ten! Aber warum bist du denn nicht zu Monsieur Viala gegangen, um ihm zu sagen, dass du ganz allein bist? Er wohnt
nicht weit weg, das weißt du doch.«

»Ja, ich weiß. Aber ich darf nicht allein auf die Straße, das
ist verboten.«

»Ach so, natürlich, ich verstehe. Warte, spreize die Finger
nicht, wenn du in den Ärmel schlüpfst! Gibt mir deine Hand
da durch …«

»Kommt Jean nach Hause?«

»Nein, Étienne. Dein Bruder hatte einen Unfall, er ist …
Er kommt nicht mehr. Du kommst erst mal zu uns nach
Hause, und dann sehen wir weiter. Mach dir keine Sorgen,
wir kümmern uns gut um dich.«

»Und Maman? Sie hat sich versteckt, man sieht sie nicht
mehr. Bleibt sie versteckt? Ist sie müde? Sag, ist sie müde?«

»Äh … Ja, sie ist müde. Wir lassen sie noch ein bisschen
hier ausruhen. Einverstanden?«

Ich habe Ja gesagt. Und auch Ja dazu, mit zu Pierre nach
Hause zu gehen, weil es da eine Schaukel gibt. Und sogar Ja
dazu, Schuhe von Jean anzuziehen, auch wenn es nicht
meine sind und sie an den Fersen scheuern.

Als wir durch die Küche gegangen sind, habe ich gesagt:
»Es riecht nicht sehr gut, stimmt's? Ich habe es nicht hinge-
kriegt mit der Suppe.«

Pierre hat mich angelächelt und gesagt: »Das würde ich
sicher auch nicht hinkriegen, wenn ich müsste!«

Dann hat er noch mal überall im Haus herumgeschaut
und gemeint, da müsste man mal gründlich putzen. Aber
später.

Im Auto hat er mich gefragt: »Was hast du denn den ganzen Tag so gemacht?«

Ich habe ihm gesagt, dass ich Hund war. (Eigentlich ja Hundsch, aber ich wollte da nicht zu sehr ins Detail gehen. Das alles zu erklären, war ein bisschen zu kompliziert.) Und dass es besser war, als Hund zu leben, als als Mensch. Pierre schien das interessant zu finden. Er wollte wissen, warum es denn so toll ist, ein Hund zu sein. Da habe ich ihm alle guten Gründe erklärt: Man macht, was man will, sich das Fell kratzen, sich unterrum anfassen, Mittagsschlaf halten.

»Tja, stimmt schon, wenn man darüber nachdenkt!«, hat er gemeint und gelacht.

Da habe ich ihm gesagt, genau das wäre auch eine sehr gute Beschäftigung, um den Tag rumzubringen: Nachdenken. Darin wäre ich sehr gut geworden. Ich habe ihm Beispiele gesagt. Zum Beispiel alle Hundehütten überall auf der Welt, in denen ich nie schlafen könnte. Und dass Dächer den Kopf eingeschlossen halten und dass deswegen die Gedanken draußen bleiben müssen. Das alles. Ganz zu schweigen von meinen technischen Entdeckungen wie das Schlabbern, das Flöhekratzen und das Zweiteilen von Regenwürmern.

»Ach?«, hat er gemeint. »Dabei dachte ich, diese Geschichte über die Regenwürmer würde stimmen … Da habe ich gerade was von dir gelernt, Étienne!«

Da musste ich sehr lachen. Es war ein Lachen mit ganz viel Stolz drin. Weil Pierre jemand ist, der sehr viel weiß, das sieht man an seiner Brille und an seiner ruhigen Art zu reden, ohne zu schreien, und daran, dass er einen Anzug anzieht, um zur Arbeit zu gehen. Aber er hatte etwas von mir gelernt. Und das ist nicht alltäglich als Neuigkeit. Noch eine interessante Erfahrung.

»Du bist ein Philosoph, Étienne! Zum Beispiel diese ganzen Hundehütten, bei denen es dir leidtut, dass du nicht drin schlafen kannst … Schau, wenn ich auf Reisen bin, vor allem im Zug, dann sehe ich Tausende von Häusern vorbeiziehen und sage mir, dass ich nie in einem von ihnen leben werde. Dass ich das Leben all der Menschen nie kennen werde, die darin leben. Und dass es jenseits der Grenzen Tausende von Ländern gibt, die mir unbekannt bleiben werden. Und in diesen Momenten fühle ich genau dasselbe wie du, Étienne. Ich fühle mich frustriert.«

Das war ein neues Wort für mich, frustriert, und mir war, als könnte ich es riechen. Ich habe mich gefragt, ob ihn dieser Frustriertgeruch in seinem Auto nicht störte. Ich habe das Fenster aufgemacht, um ein bisschen zu lüften.

Pierre hat weitergeredet, über meine Ideen zu den Dächern über unseren Köpfen. Über diesen *Begriff des Eingeschlossenseins*, hat er gesagt. Da ich damit nichts Rechtes anfangen konnte, habe ich einfach Ja gesagt.

Und dann habe ich hinzugefügt: »Kann ich dann auf deinen Baum steigen? Auf den, wo die Schaukel dranhängt?«

»Auf den Baum …? Äh … Was willst du denn da machen?«

»Alles!«, habe ich gesagt. »Schlafen, essen, auf die Straße schauen.«

Pierre hat gemeint: »Vielleicht, na ja … sicher, warum nicht«, aber er wollte wissen warum. Warum ich das unbedingt alles auf dem Baum machen wollte.

Da habe ich ihm alles erklärt. Das Interessante daran, Hund zu bleiben, was das Flöhekratzen angeht, und Vogel zu sein, um weit schauen zu können. Ohne ein Dach über dem Kopf zu haben, weil man auf die Art viel mehr Gedanken denken kann.

Und weil man so noch ein bisschen glücklicher sein kann. Was das Glück angeht, meine ich.

Pierre hat gemeint, ich hätte eine hübsche Art, das Leben zu sehen, eine originelle Art, im Grunde sei ich sehr weise. Das sagte Mama auch immer: Wenn ich mal nicht mehr da bin, bist du Waise …

»Wir könnten ja ein Baumhaus bauen. Mit den Kindern. Wenn du willst.«

Ich habe Ja gesagt, aber dass ich kein Dach wollte, weil …

»Ein Baumhaus mit offenem Dach, einverstanden! Aber wenn es regnet, ist es dein Pech! Dann riechst du eben nach nassem Hund!«

Da musste ich sehr lachen. Und er auch.

Er hat noch eine Weile geredet, schnell und mit lauter schwierigen Wörtern, die mich aber nicht gestört haben, weil sie freundlich waren. Er hat mehrmals wiederholt, ich hätte die *Lehre vom Hund auf dem Baum* entdeckt.

Hund auf dem Baum, das weiß ich, was das ist.

Und Lehre kommt von lernen. Aus eigener Erfahrung.

Maman hatte wie immer recht gehabt. Und da musste ich noch einmal sehr lachen.